마흔의 글쓰기

마흔의 글쓰기

마흔의 글쓰기

세상에서 가장 우아한 취미를 권한다

: 명로진 지음

Winner's Secret Library · 위너스북
WINNER'S BOOK

마흔의 글쓰기

초판 1쇄 발행 2013년 11월 11일

지은이 | 명로진
발행인 | 홍경숙
발행처 | 위너스북

경영총괄 | 안경찬
주간 | 김형석
기획편집 | 김시경, 노영지

출판등록 | 2008년 5월 2일 제310-2008-20호
주소 | 서울 마포구 합정동 370-9 벤처빌딩 207호
주문전화 | 02-325-8901
팩스 | 02-325-8902

디자인 | 썸앤준
제지사 | 한솔PNS(주)
인쇄 | 영신문화사

ISBN 978-89-94747-22-4 (13800)

* 책값은 뒤표지에 있습니다.
* 잘못된 책이나 파손된 책은 구입하신 서점에서 교환해 드립니다.
* 위너스북에서는 출판을 원하시는 분, 좋은 출판 아이디어를 갖고 계신 분들의 문의를 기다리고 있습니다.

winnersbook@naver.com | tel 02) 325-8901

프롤로그

평균 수명 80년을 무사히 산다면 마흔은 딱 중간이다. 축구 경기 전후반 45분 사이에는 하프 타임 10분이 있고 대학교수들에게는 7년에 한 번 안식년이 있다(무조건 대학교수가 되는 게 맞다). 인생에는? 하프 타임도 없고 안식년도 없다.

내 친구 하나는 올해를 안식년으로 정했다. 수입이 꽤 쏠쏠한지 한 해 동안 놀고먹고 쉬면서 지내기로 했단다. 월요일엔 카드를 하고 화요일엔 산에 가고 수요일엔 춤 배우러 가고 목요일엔 와인을 마시고 주말에는 영화를 본다. 그런데도 한 달 고정 수입이 천오백이다. 얼마 전 내게 통장을 보여줬다. 그는 운정 지구에 3층짜리 작은, 그의 표현에 따르면 구멍가게 같은 건물 한 채가 있을 뿐이다.

월세 받고 산다(무조건 부동산을 하는 게 맞다).

축구 선수이거나, 안식년이 있는 대학교수이거나, 부동산 임대로 먹고사는 사람이 아닌 이상 우리는 쉬지 않고 달려야 겨우겨우 살 수 있다(축구 선수와 교수와 임대 사업자들은 제발 입 다물고 끝까지 들을 것!). 물론 앞에 예로 든 세 부류의 사람들도 사는 게 힘들기는 마찬가지다.

프로 축구 선수들은 프로 구단과 장기 계약을 하지 않으면 참 먹고살기 힘들다. 연봉 1~2억 받아봐야 뭐 남는 게 있겠나. 교수들 역시 제자들 챙기고 윗사람 눈치 보고 논문 쓰느라 엄청 힘들다. 일주일에 6시간 정도 강의하려면 준비도 많이 해야 한다. 더불어 그 긴긴 방학 동안 얼마나 힘들겠나. 쉬면서도 일하는 척하려면 말이다. 임대 사업하는 주변의 지인도 정말 고생 많이 한다. 후배 한 명은 남는 돈 10억 원을 펜션에 투자해야 할지, 오피스텔에 투자해야 할지 너무 고민이 돼서 잠이 오지 않는단다.

재산이 100억쯤 되는 선배 한 사람은 그 돈의 대부분을 주식에 투자하고 있는데 주가지수의 연동과 자신의 행·불행을 초 단위로 맞바꾸며 산다. 오전 장이 좋지 않으면 점심을 못 먹는데 그가 보기에 주식시장은 늘 나쁘다. 그는 위궤양을 달고 산다.

나는 그동안 글쓰기라는 게 얼마나 대단하고 얼마나 어마어마하고 얼마나 근엄한 것인지 귀에 못이 박히게 들었다. 밤을 새워 창작의 고통과 싸웠다든지, 하얀 백지를 마주하고 공포에 떨면서 한자 한 자를 채웠다든지, 영혼을 불태우며 집필을 했다든지 하는 저 어설픈 작가들의 온갖 위선과 주접을 참으며 들어줬다. 더 이상은 못 참겠다.

나는 그동안 하루에 평균 4시간씩 글을 써왔지만 뭐가 고통스러 운지 도무지 알 수 없다(마우스 때문에 손목 터널 증후군으로 고통스러운 적은 있 었다). 창작은 정말 고통스러운 것일까? 프로이트는 말했다. 고통이 쾌락이고 쾌락이 고통이라고. 그렇다면 작가들은 모두 프로이트 신봉자란 말인가? 아니면 죄다 사도마조히스트?

단언컨대 창작은 즐거움이고 기쁨이고 행복이다. 만약 창작, 글 쓰기가 고통만으로 이루어진 것이라면 세상의 어떤 작가도 글을 쓰지 않을 것이다. 나에게 글쓰기는 장난이고 게임이고 오락이다. 나아가 마약이고 중독이고 넥타nectar다. 신들이 넥타를 마시며 다 시 젊어졌듯이 나 역시 글쓰기를 하며 노화를 늦췄다. 환자들이 모 르핀을 맞고 고통을 잊었듯이 나 역시 글쓰기로 인해 세상의 환란 을 잊었다. 뽕쟁이들이 마약을 주입해서 홍콩에 갔듯이 나 역시 글 쓰기를 통해 파라다이스를 맛봤다(글쓰기는 법에 저촉되지 않는 합법적 마약 이다).

정말이냐고? 정말이다. 나는 우리나라 최고의 작가도 아니고, 베 스트셀러 작가도 아니다. 다만 꾸준히 글을 써왔다(물론 방송도 하고 연 기도 하고 했다. 사업 다각화였다. 그러나 내 인생의 주력 사업은 늘 글쓰기였다. 물론 방송 국에 가서는 절대 이렇게 말하지 않는다).

어느 해 크리스마스이브였을 것이다. 내 집필실은 홍대 앞 낡은 건물 6층에 있다. 창밖을 내다보니 눈이 오고 있었다. 화이트 크리스마스이브. 거리에는 난리가 난 듯 연인들이 오갔다. 혼자 저녁을 먹고 집필실로 올라온 나는 '30분만 더 글을 쓰고 놀러가야겠다'고 마음먹었다. 전화벨이 울렸다.

"야, 뭐해? 여기 물 좋아. 빨리 와."

늘 나를 유혹하는 동만이였다. 마흔 언저리에 여전히 싱글이었던 그는 "멤버십 클럽에 적당히 멋지고 쿨한 남녀 서른 명이 모여 있으니 무조건 빨리 오라"고 하고는 전화를 끊었다. 잘 됐다. 쓰던 원고만 마무리하고 동만이 그룹에 합류해야겠다. 시계를 보니 9시였다. 컴퓨터를 켰다. 글을 다 쓰고 다시 시계를 봤다. 새벽 2시였다. 시계가 잘못된 걸까? 휴대전화를 보니 새벽 2시가 맞았다. 동만이에게 세 통의 전화가 와 있었다. 이런. 내가 느끼기에는 한 40~50분쯤 된 것 같았는데 벌써 5시간이 지났다니. 그동안 나는 어디에 가 있었던 걸까?

그때 깨달았다. 나는 시간이 빨리 흐르는 곳에 다녀온 것이다. 연인과 함께 있으면 시간이 빨리 흐른다. 재미있는 놀이를 하면 시간이 금방 간다. 방학 때는 하루하루가 후딱 지나간다(그래서 교수들은 늘 방학이 짧다고 투덜댄다. 나는 왜 교수들을 까는 건가? 부러워서다).

글쓰기란 그런 것이다. 도끼자루 썩는 줄 모르는 시간, 연인과 함께하는 공간, 방학 때 하는 재미있는 놀이. 이런 게 글쓰기다. 고통스러울 리가 없다. 창작은 본질적으로 유쾌한 장난이다. 글쓰기도 마찬가지다. 이제 그만 창작자의 머리에 씌워진 고통이란 굴레를 벗기자. 이제 좀 놀자.

　누군가 이렇게 물을 것이다. 글쓰기가 당신에게 단지 그런 의미밖에 없느냐고. 작가들이 글쓰기를 통해 얼마나 많은 일을 이뤘는지 아느냐고. 누구는 불의에 맞섰고, 누구는 민중을 구했고, 누구는 세상을 바꿨다고.

　나도 잘 안다. 김지하 시인이 '타는 목마름으로'라는 시를 써서 민주주의에 목말라했던 수많은 학생, 지식인, 노동자에게 영혼의 단물을 제공했다는 사실을. 이영희 선생이 《우상과 이성》이란 책을 써서 반쪽 지식의 가식 속에 안주하던 수많은 젊은이들의 가슴에 진리의 불을 지폈다는 것을. 공지영 작가가 《도가니》를 썼기에 많은 사람들이 성폭행 사각지대에서 신음하는 수많은 장애인에 대해 관심을 갖게 됐고, 그로 인해 아동과 장애인을 위한 성폭력 가중 처벌법까지 만들어졌음을.

　이런 작가들은 위대하다. 그러나 모든 사람이 '타는 목마름으로'를 쓰고 《우상과 이성》을 펴내고 《도가니》를 만들 수는 없다. 개인적으로 내가 추구하는 글쓰기의 최종 목적은 웃음이다. 이 책에서 나는 평범한 사람들의 글쓰기에 대해 말하려 한다. 치유의 글쓰기, 자기애의 글쓰기, 자족의 글쓰기를. 이것만 제대로 해도 삶이 참 괜찮아진다.

어떤 식품 회사 사장이 말했다.

"산수유가 남자들한테 참 좋은데. 정말 좋은데. 뭐라고 설명할 방법이 없네."

노자는 《도덕경》에서 이렇게 말했다.

"내 말은 알아듣기 쉽고 실천하기도 쉬운데, 세상 사람들은 도무지 알아듣지 못하고 실천도 못하네. 나를 아는 사람 드물고 나를 따르는 사람도 귀하네. 성인은 굵은 베옷을 입고 있어도 가슴 속에는 보석을 품고 있는 것을. 이 보석을 한 번 보면 참 좋은데, 뭐라고 설명할 방법이 없네(70장)."

글쓰기에 대해 산수유 회장님 혹은 노자 식으로 말하자면 이렇다. 글쓰기…, 참 좋은데. 정말 좋은데. 뭐라고 설명할 방법이 없네.

뭐에 좋다는 건가? 상처에 좋다. 정신적 상처에 글쓰기 연고를 바르면 바로 낫는다. 실연의 상처에 글쓰기 파스를 붙이면 빨리 아문다. 그토록 오랜 세월 동안 자신을 괴롭히던 어린 시절의 트라우마에 글쓰기 프로포폴을 처방하면 어느새 마음은 조용히 잠이 든다. 잠 속에서 꿈을 꾸고, 그 꿈에서 나를 가두던 사슬이 끊어진다. 꿈은 무의식이다. 무의식은 잠재의식을 규정하고 잠재의식은 의식을 통제한다. 꿈속에서 끊어진 사슬은 깨어 있는 정신 속에서 다시 한 번 절단된다. 그리고 나는 해방된다. 나를 억압하던 저 깊고 어두운 기억으로부터.

심지어 글쓰기는 재정적 상처도 치유해준다. 나는 지난 8년 동안 수많은 사람들을 상대로 글쓰기 강의를 하면서 그들에게 글을 쓰게 했다(대부분 숙제가 많다며 도망갔다). 그중 어떤 여성은 자신의 파산 상태에 대해 글을 썼다. 그녀가 그렇게 꾸준히 글을 쓰던 중 8주차에 로또에 당첨이 되어 순식간에 인생이 역전되었다고 말하면 나는 사기꾼이다(이런 식으로 말하는 저자들도 많다. 생생히 바라면 이루어진다나? 《시크릿》 식의 대국민 사기극).

다만 재정적으로 어려움을 겪던 그녀는 하루하루 글을 쓰면서 조금씩 달라졌다. 처음에는 자신을 비하하고, 절망했다. 곧 자살이라도 할 것 같았다. 다음에는 자신을 불쌍히 여겼다. 그 다음 주에는 가족 이야기를 썼다. 그 다음엔 자신에게 사기를 쳐서 3억을 날리게 만든 사람에 대해 썼다(글쓴이의 친동생이었다). 그 다음 주에 쓴 글에서 그는 자신과 친동생의 어린 시절에 대해 썼다. 둘은 늘 어울려 다니며 서로를 끔찍이 위하던 자매였다. 이 글을 쓰고 그녀는 그 다음 주에 결석을 했다. 며칠 뒤 마지막으로 쓴 글에서 그녀는 이렇게 말했다.

"이제는 나를 괴롭히던 기억에서 벗어나고 싶다. 동생아! 너도 힘들었지. 그깟 3억이 뭐기에 나는 네가 내민 손도 뿌리쳤을까. 널 용서해달라고 했지? 우리는 가족인데 새삼 무슨 용서가 필요할까. 동생아. 날 용서해라. 이제 우리 다시 출발하자…."

여기까지 읽어 내려가던 그녀는 끝내 말을 잇지 못했다. 교실 안 여기저기서 훌쩍이는 소리가 났다.

　보라. 글쓰기가 3억을 융자해주지는 못하지만, 그보다 더 소중한 내면의 사랑이 다시 피어나게 해준다. 그녀가 변한 것은 내가 잘 가르쳐서가 아니다. 그녀가 본래 가지고 있던 심성 때문이다. 가족이 돈보다 더 중요하다는 깨달음 때문이다. 그녀의 착한 마음이 그 깨달음을 얻게 했다. 글쓰기는 그녀의 마음과 각성을 이어준 다리였다.

　그동안 나는 글쓰기라는 매개체로 인해 잊었던 자신을 되찾은 사례를 많이 봐왔다. 21세기 대한민국을 사는 마흔의 당신은 잊은 것이 없는가?

　마흔 무렵의 우리들은 잊은 것이 많다. 우리의 시간, 우리의 추억, 우리의 꿈. 모두 어디로 갔는지 알 수가 없다. 안식년은 사전에나 나오는 단어고 휴식은 잠이 전부다. 우리의 하프 타임도 사라져버렸다. 전반 45분을 뛰었으면 10분은 쉬어야 한다. 그래야 후반 풀 타임을 뛸 수 있다. 10분의 숨 돌리기도 아까워 계속 뛰다 보니 체력은 고갈되고 후반 중간쯤에 교체되고 만다. 천하의 박지성도 히딩크가 나오라면 나와야 한다(당신이 아무리 잘나가도 운명의 감독이 손짓만 하면 이 구장을 떠나야 한다). 우리는 그저 하루하루 허덕이며 살 뿐이다. 상처를 입으며 버틸 뿐이다. 문제는 상처를 입고서도 상처를 입었는지 모른 채 살아가는 것이다.

글을 쓰자. 글쓰기는 당신이 잊은 것이 무엇인지 보여준다. 당신의 상처가 무엇인지 가르쳐준다. 그 상처를 아물게 하는 방법도 귀띔해준다. 글쓰기는 당신이 잊어버린 시간들을 알려준다. 그 시간들을 되찾는 방법도 암시해준다. 글쓰기는 당신이 방치해둔 꿈에 대해 일깨워준다. 그 꿈을 이루라고 부추긴다. 더불어, 글쓰기는 이성과 감성이 적절히 균형을 이룬 삶이 어떤 것인지에 대해 다양한 상징을 보여준다. 우리는 그 상징의 숲을 헤매면서 우리의 삶을 더 아름답고 진실하게 가꾸어나갈 수많은 장식품들을 얻을 수 있다. 장식품을 하나하나 엮어가다 보면 생은 이전보다 더 풍요로워질 것이다.

2013년 가을
홍대 앞 집필실에서

명로진

: **차 례**

프롤로그 | 5

1장 마흔에 글을 쓴다는 것

마누라는 속여도 글은 못 속인다 | 21

왜 글을 쓰라는 겁니까? | 29

글 속에서 길을 찾다 | 39

나 같은 사람이 글은 무슨 | 46

몸 아프면 약을 먹고, 마음 아프면 글을 먹고 | 52

2장 즐거운 글쓰기를 위한 몇 가지 방법들

쓰고 싶은 것을 쓴다 | 61

하찮은 것일수록 글이 된다 | 68

무엇이든 연습은 필요하다 | 74

책으로 배우는 글쓰기 | 80

글쓰기를 위한 최소한의 상식 | 88

이것저것 복잡할 땐 베껴 쓰기 | 95

맞춤법이란 주춧돌 위에 진심을 얹어라 | 107

창작 욕구를 불러일으키는 작가들의 말 | 115

3장 오직 나만을 위한 이기적인 글쓰기

시를 쓰면 누구나 시인이다 | 127

스토리텔링의 정체 – 마술사 홍 선생과 데이비드 카퍼필드 | 135

끊임없이 던지는 질문이 빛을 밝히리 | 145

내 속엔 내가 너무도 많다 – 프로필 쓰기 | 150

4장 마흔에 글을 쓴 사람들

글쓰기는 자기순환의 통과의례 | 159
– 1인 회사 전도사가 된 수희향 씨

쓰다 보면 인생에 의미 없는 순간이 없더라 | 167
– 방송과 출판을 누비며 활약하는 임선경 씨

지금도 나는 인생을 방황하는 중입니다 | 174
– 글쓰기로 충만한 행복을 느낀다는 황대진 씨

그렇다고 정말로 회사를 그만두다니! | 180
– 직장인에서 전업 작가로 변신한 차무진 씨

회사를 관찰하는 사람 | 186
– 소통전문가로 거듭난 김범준 씨

5장 명문을 통한 치유의 시간

시는 글의 영원한 오아시스 | 197

냉정미에 깃든 슬픔 | 211

내 사랑을 부탁해 | 221

혁명이 되는 글들 | 232

영어와 우리말 | 240

에필로그 | 254

글은 글 쓴 사람의 영혼을 보여준다.

- 미겔 데 세르반테스

1장

마흔에 글을 쓴다는 것

마누라는 속여도 글은 못 속인다

두어 해 전, 분당의 한 백화점 문화센터에서 있었던 일이다. 30여 명의 여성을 대상으로 글쓰기 특강을 했다. 첫 시간엔 수강생들에게 제목을 주고 글을 써보게 했고, 두 번째 시간엔 간단한 평을 했다. 이때의 글 제목은 '내 인생 최고의 순간'이었다.

글을 쓰고 나서 직접 읽게 했다. 황금빛 투피스를 입은 60대 중반의 단아한 여성이 자신이 쓴 글을 읽어 내려갔다.

"내 인생 최고의 순간은 지금으로부터 40여 년 전, 혜화동에서 보낸 1년이다. 그때 나는 스물셋 꽃다운 나이였고 그이는 스물다섯이었다. 우리는 옛 서울대학교 앞에서 점심을 먹고 창경궁 담을 따라 걷곤 했다. 지금은 복잡하고 사람 많은 대학로지만 그때만 해도 인적이 드문 데이트 코스였다.

우리는 인생을 이야기하고 문학을 이야기했다. 꽃이 필 때 삼청동 길을 걸었고, 여름에는 학림다방에서 시원한 빙수를 먹었다. 가을에 그이는 낙엽을 시집 사이에 꽂아두고 읽어줬다. 겨울에도 우리는 추운 줄 모르고 손을 꼭 잡고 돌아다녔다. 우리는 눈빛만 봐도 좋았고 행복했다. 그 시절로 다시 돌아갈 수 있다면⋯ (중략)

내 인생에서 가장 아름다웠던 때를 나는 아직도 잊지 못한다."

오뜨꾸뛰르 풍의 정장에 색을 맞춘 구두, 여전히 탄력 있는 피부. 그 부인이 한눈에 상류층임을 알 수 있었다. 나는 그녀에게 말했다.

"잘 들었습니다. 연애하던 때 이야기네요."

"네."

"오늘 글쓰기 특강엔 어떻게 오셨습니까?"

"이렇게 문화센터 강좌 들으러 다니는 게 제 취미예요."

"아하. 힘들지 않으세요?"

"제가 힘들게 뭐 있나요. 기사가 힘들지."

친구로 보이는 옆자리에 앉은 아주머니가 날 보고 이렇게 속삭인다.

"벤츠, 벤츠."

나는 고개를 끄덕이고 벤츠 사모님에게 다시 물었다.

"자제분들은 어떻게 되세요?"

"아들 하나, 딸 하나인데 다 시집 장가갔죠."

"그렇군요. 그래서 여유가 있으시겠네요. 자, 그럼 이 글은 40년 전, 그러니까 여사님이 남편 분과 데이트하던 시절…."

"아니요."

"네?"

"글 속의 그 사람은 저의 남편이 아닙니다."

"!"

교실 안이 술렁였다. 나 역시 충격이었지만 취조(!)를 멈출 수는 없었다.

"그럼…, 이 글 속의 그는 누군가요?"

"결혼 전에…, 사귀던 남자입니다."

웃는 사람도 있었고, "미쳤어"라고 말하는 사람도 있었다. 옆자리의 친구는 "얘, 너…" 하며 그녀의 발언을 제지하려 했다. 하지만 그녀는 아랑곳 않고 이야기를 이어나갔다.

"제목을 받고 나서 생각해봤어요. 내 인생 최고의 순간이 언제였는지. 큰아들 결혼했을 때? 아니었어요. 작은딸 시집갔을 때 역시 아니었지요. 아이들 대학 갔을 때도 아니고…."

"아드님이나 따님이 태어났을 때 기쁘지 않았나요?"

"기뻤지요. 기쁘긴 했지만…, 내 인생 최고의 순간이라고 말하긴 어려워요."

"그럼 현재의 부군과 결혼했을 때는?"

"그때도 참 좋았지만….'

"부군과 문제가 있나요?"

"아니요. 남편은 정말 좋은 남편이자 최고의 아버지예요. 자상하고, 성실하고, 자기 분야에서 성공도 했고….'

"그런 부군과 결혼했던 때가 최고의 순간이 아니었다고요?"

"아무리 생각해도 아니었어요. 남편을 만나기 전…, 이 글의 주인공인 그 사람을 만나서 함께 보낸 1년이…, 제 인생 최고의 순간이네요."

"그래서 그걸 글로 쓰셨군요."

"이상하게…, 백지를 앞에 놓고 조용히 생각하다 보니 거짓말을 할 수 없더라고요."

그랬던 거다. 경제적으로 풍요롭고, 아들딸 모두 출가시키고, 돈 잘 버는 남편을 둔 사모님은 A4 용지 한 장의 위력 앞에서 무릎을 꿇었다. 적당한 위선과 수식으로 오뜨꾸뛰르 패션의 고상함과 벤츠의 안락함을 찬양하려던 그녀는 찬찬히 자신의 일생을 반추했다. 1년 전, 3년 전, 10년 전, 30년 전…, 인생을 수놓은 중요한 순간순간을 되새겨봤다. 어떤 이는 30평 아파트를 처음 장만하게 되었을 때를, 어떤 이는 아이가 꿈에 그리던 명문대에 진학했을 때를, 어떤 이는 결혼하던 날을 떠올렸으리라. 그녀는 도리질을 쳤다. 누구에게나 있을 법한 순간들에 그녀 역시 행복했으나 최고의 기쁨을

맛보진 못했다. 그녀는 자신을 속일 수 없었다. 40여 년 전, 그 사람과 함께한 꿈같은 시간을 떠올리고 글을 쓰기 시작했다.

빈 종이는 힘이 세다. 그 어떤 비밀경찰도 캐내지 못하는 비밀을 털어놓게 한다. 빈 종이는 침묵한다. 그 어떤 강요도 하지 않으면서 자기 앞의 존재를 드러나게 한다. 빈 종이는 정지靜止한다. 그 어떤 움직임도 없으면서 자신 앞의 전체를 들썩이게 한다.

글쓰기는 그런 것이다. 한순간 우리의 실존 전부를 발가벗긴다. 글쓰기는 말로는 설명할 수 없는 고문이다. 단 한 장의 종이와 한 자루의 연필 앞에서 우리의 정신은 낱낱이 해체된다. 우리는 그저 헐떡이며 해부된 영혼의 조각들을 꿰맞출 뿐이다.

"머슴하고 바람이 나서 도망갔다."

〈가루지기〉 혹은 〈뽕〉 같은 사극 에로물의 줄거리가 아니다. 나는 예전에 어머니께 집에서 부리던 머슴(1970년대만 해도 이런 호칭이 있었다)하고 눈이 맞아 남편을 버리고 도망간 할머니에 대한 이야기를 들었다. 바람이 나려면 부잣집 도련님이나 양반하고 바람이 날 일이지 하필 왜 머슴일까? 그 속사정은 나도 모르겠다.

남성들 위주였던 한 공기업 강의 때의 일이다. 50대의 김모 씨가 이런 글을 썼다.

"나는 우리 어머니와 열 살 때 헤어졌다. 아버지는 일찍 돌아가시고 어머니는 우리 3남매를 기르며 어렵게 사셨다. 어느 날, 어머니는 우리를 이모한테 맡기고 집에서 일하던 박씨 아저씨를 따라갔다…. 사람들은 '머슴 따라 도망갔다'고 했다. 우리는 부모 없는 셈 치고 자랐다. 13년 전에, 어머니를 만났다. 30년 만에 만난 것이다. 어머니는 그새 박씨 아저씨 자식 셋을 더 낳으셨다. 처음에는 서먹했지만 명절 때 오가기도 하면서 우리는 지금 형제처럼 지낸다. 어머니는 작년에 돌아가셨다."

그의 동료들이 놀라던 모습이 눈에 선하다. 김모 씨는 눈시울을 붉혔다. 자신의 글을 다 읽고 나서는 오히려 "속 시원하다"고 했다.

도대체 왜 우리는 가로 210밀리미터, 세로 297밀리미터의 흰 종이의 마력에 그렇게 쉽게 항복하고 마는 것일까? 왜 우리는 수십 년 동안 은폐했던 속내를 그렇게 가볍게 뱉어내고야 마는 것일까? 왜 우리는 부끄럽고 고통스러운 지난 시간을 한꺼번에 분출하고는 또 그토록 통쾌해하는 것일까?

글쓰기는 그런 것이다. 수십 년 동안 숨겨왔던 과거를 한순간에 털어놓게 만든다. 진정성 때문이다. 글을 쓴다는 것은, 자신과 일대일로 만나는 행위다. 다른 사람은 다 속여도 자신은 속일 수 없다. 속일 필요도 없고 속여서도 안 된다. 다른 사람을 속이는 사람은 사기꾼이지만 자신을 속이는 사람은 유령이거나 신이다. 인간이 아니라는 이야기다.

쉽게 예를 들어보자. 좋아하는 사람을 두고 부모님이 맺어준 사람과 결혼한 여자가 있다. 그녀를 갑순이라 치자. 갑순이가 정말 사랑하는 사람은 가난한 갑돌이였다. 그러나 갑순이는 부잣집 아들인 을식이와 결혼했다. 갑순이 아버지는 을식이 아버지가 운영하는 대기업에 납품하는 중소기업 사장이다. 부도 위기에 몰린 갑순이 부친은 하청업체 운영의 어려움과 줄줄이 딸린 동생들의 대학 진학 등을 이유로 갑순이 손을 붙잡고 부탁한다. 제발 네가 기둥이 되어 우리 집안을 살리라고.

갑순이는 울며 붙잡는 갑돌이(여기부터 신파)를 뿌리치고 을식이와 결혼한다. 이때부터 갑순이는 매 순간 자신을 속이며 을식이와 살아간다(결혼 첫날밤에 달을 보고 운다). 을식이의 자식을 낳고, 을식이의 가문을 위해 애쓰고, 을식이의 순조로운 대기업 회장 승계를 돕는다. 갑순이 부친의 중소기업에 을식의 대기업은 일감을 몰아준다. 갑순이 형제자매들의 유학까지 차질 없이 진행된다…. 결혼한 이후부터 갑순이는, 유령이거나 신으로 사는 것이다. 그러던 어느 날, 갑돌이가 을식이보다 몇 배나 더 큰 대기업 그룹의 총수가 되어 나타난다(여기부터 막장 드라마).

웃자고 하는 이야기다. 다만, 갑순이는 자신이 아닌 타인을 위한 삶을 살았기 때문에 자신을 속인 예로 타당할 것이다. 우리는 참 이상하게도, 인생의 대부분을 자아가 아닌 타자를 위해 산다. 어린 시절에는 엄마에게 잘 보이려 재롱을 피우고, 청소년 시절에는 선생님 때문에 그 과목을 좋아하며, 청년이 되면 애인을 위해 자존심을 버린다. 결혼해서 아이를 낳으면 아이 때문에 자신의 삶을 희생한다. 그러니 우리는 내내 스스로를 속이며 사는 셈이다.

사람은 가끔, 내면의 자아와 만나는 시간을 가져야 한다. 벌거벗고 자신의 마음을 들여다봐야 한다. 그러나 자신과 자신의 마음 사이에는 세상이 부여한 막이 있다. 본래 그 막은 투명해서 우리는 우리의 마음을 늘 들여다볼 수 있었다. 우리의 마음이 불편하면, 곧 행동을 멈추고 명상을 하거나 스스로를 돌봄으로써 모든 것을 원래대로 돌려놓곤 했다. 하지만 언제부터인가 그 막은 먼지와 때로 어두워졌다. 우리는 그 막에 낀 것들을 제거하고 마음을 건사할 여유를 잊고 말았다.

그렇게 정신없이 살아가던 어느 날, 한 장의 종이가 막을 깨뜨린다. 보라! 우리의 마음 자체를. 순수하고 진실한 그것을. 그것이 부르는 대로 받아 적다 보면 우리가 그동안 잊고 있었던 것들이 무엇인지를 명확히 보게 된다. 더 이상 보태거나 뺄 것도 없어진다. 온갖 수식과 장식이 무색해진다. 내 마음 가는 대로, 내 감정 느끼는 대로 글을 쓸 수밖에 없다. 속이거나 속을 수 없는 것이다.

내 마음과 이야기하는 방법으로 글쓰기만 한 것이 없다. 글쓰기를 통해 지친 나를 보살피고 쓰러진 나를 일으키라. 지금 당장, A4 용지를 펼치고 펜을 들어라. 그리고 쓰라. 당신 안에 잠자고 있는 오래전의 당신에 대해.

왜 글을 쓰라는 겁니까?

내 친구 민수는 중소기업을 운영하는 CEO다. 다국적 기업의 제품을 국내 대기업에 독점 공급하는 일을 한다. 무슨 제품을 취급하는지, 어느 기업과 거래를 하는지 그가 분명 설명을 했는데도 정확히는 모른다. 하루에 두 시간 정도 일을 한다는데, 돈은 잘 번다. 그가 내게 영업 비밀을 알려줬다. 강남에 있는 그의 직장은 80평쯤 되는데, 한쪽에 유리벽으로 된 그의 사무실이 있다. 그와 이야기를 나눠도 밖에서 들리지 않는다. 하지만 내가 웃기는 얘기를 해도 녀석은 크게 웃질 않고 살짝 미소만 짓는다.

"왜 그러는 건데?"

"밖에 직원들 보이냐? 내가 일하는 것처럼 보이지 않으면 저 사람들이 땡땡이치거든. 우린 지금 심각한 사업 이야기를 하는 거야. 오케이?"

그의 컴퓨터 화면에는 화투 게임이 떠 있다. 그러면서 열심히 일하는 척한다.

"로진아. 이건 비밀인데, 회사에서는 지위가 올라갈수록 일하는 시간이 줄어든다. 직원을 뽑는 이유는 일은 더 시키고 돈은 적게 주려는 것뿐이야. 내가 하루의 대부분을 이렇게 노는 줄 알면 직원들은 날 죽이려 들걸."

대한민국 대부분의 중년 남자가 그렇듯 그의 유일한 취미는 골프다. 아, 하나 더 있다. 술 마시기. 그러나 술을 마신다는 것은 우리들에게 음식을 섭취하는 것과 같은 개념이다. 따라서 취미에 포함시키기엔 무리가 있다.

그를 만나면 매우 다양한 주제에 대해 이야기할 수 있다. 88 컨트리클럽이 좋은지, 강남 300 컨트리클럽이 좋은지. 남부 C.C와 남촌 C.C 중 어디가 접근성이 좋은지, 블루원 골프장과 블루버드 골프장 중 어느 쪽 캐디가 더 나은지 등등(나는 전혀 골프를 치지 않는다. 그럼에도 대화는 이어진다).

골프 이야기가 따분해지면 술 이야기를 한다. 폭탄주의 비율은 2대 8이 나은지 3대 7이 나은지, 양주와 맥주를 섞을 때 양주는 윈저가 좋은지 발렌타인이 좋은지. 폭탄주 안주로는 연어와 스테이크 중 어떤 게 괜찮은지 등등. 술 이야기도 지루해지면 다시 골프 이야기를 하면 된다. 이번에는 드라이버와 우드를 소재로 삼는다.

보라. 대화의 아이템이 얼마나 풍성한가. 언젠가 박민수 사장은 내게 이런 말을 한 적이 있다.

"나는 고등학교를 졸업하고 나서 지금까지 책을 단 한 권도 읽은 적이 없어."

독자 중 어떤 분은 지금 내가 거짓말을 하고 있다고 생각할지도 모른다. 절대 아니다. 박민수는 정말로 책 한 권을 끝까지 읽은 적이 없다. 그건 내가 보증한다. 민수 그 친구는 무식하다. 그것만 봐도 그의 진술은 신빙성이 있다. 언젠가 나는 끝도 없이 무식해지는 절친이 안타까워 책 읽기를 권했다. 그는 건성으로 들었다. 내가 그에게 책 한 권을 선물하려고 했을 때 그는 결국 짜증을 냈다.

"내가 제일 싫어하는 게 책 선물이야! 다시는 나한테 이러지 마."

"너 그렇게 책을 읽지 않다간 큰일 나! 리더라면 철학이 있어야 하는 거야." 이렇게 핀잔을 주자 그가 말했다.

"너 골프 안 치지? 내가 너 골프 안 치는 거에 대해서 뭐라고 한 적 있나?"

"없지."

"그런데 왜 너는 내가 책 안 읽는 거에 대해 뭐라 해? 내가 알아야 할 모든 것은 유치원에서 배웠어."

"!"

민수의 한마디는 선사의 "할!"이었다. 하긴. 그는 참을성이 많기로 소문난 친구다. 큰소리를 치지도 않으며 늘 상대를 배려한다. 밥을 먹을 때는 밥알을 흘리지 않고, 샤워를 할 때 절대 쉬야를 하지 않는다. 줄을 서서 기다릴 때 새치기를 하지 않고, 부모님 말씀을 잘 듣는다. 친구와 사이좋게 지내고 약속은 꼭 지킨다. 어려운 사람을 도와주고 맛있는 건 혼자서 먹지 않는다. 이것만 제대로 지켜도 성인聖人이다.

내 친구 박민수는 성인(成人 혹은 聖人)이 된 이후로 단 한 권의 책도 읽지 않았으며 단 한 줄의 글도 쓰지 않았다(업무와 관련된 글 말고). 그럼에도 잘 산다(정말 잘 사는 걸까? 그건 사실 아무도 모른다). 나는 이런 생각을 해봤다. 우리는 책에 대해 또는 글에 대해 너무 무겁게 생각하는 게 아닐까?

민수는 고등학교 때까지 공부도 잘하고 책도 많이 읽던 친구였다. 골프와 술 이야기에 지친 어느 날, 나는 민수에게 진지하게 물었다. 왜 책을 읽지 않느냐고.

"고등학교 3학년 1년 동안 매일 야간 자율학습을 하면서 강요된 공부를 하다 보니 책에 대한 애정이 싹 달아나버렸다"는 게 그의 대답이었다. 대학에 들어가고 나서는 학점을 따기 위한 최소한의 공부 외에는 하지 않았단다. 당연히 텍스트라고는 신문이나 전공서 말고는 대하지 않게 됐다. '문자 공포증'에 걸렸다고나 할까?

내가 가진 소박한 목표 중의 하나는 민수가 책을 읽고 글을 쓰게 만드는 것이었다. 그런데 왜 내가 그런 목표를 가져야 하고, 민수가 내 목표의 희생양이어야 하지? 혹 나는 책을 읽지 않고 글을 쓰지 않으면 행복할 수 없다고 믿고 있는 것은 아닐까? 당연히 그랬다. 지금도 그렇다. 그러나 강요는 금물이다. 민수 말대로 그는 자기가 그렇게 좋아하는 골프를 내게 강요하지 않는다. 골프를 치지 않는 사람은 행복할 수 없다고 생각하지도 않는다. 내게 골프를 가르치려 하지도 않는다. 그게 맞다. 아마도 민수는 골프와 술을 통해 깊은 내공을 쌓았으리라. 그에겐 그의 길이 있는 거다.

하지만 백번 양보해서 책 안 읽고 글을 안 써도 잘 먹고 잘 산다 치자. 민수에게도 아들이 있다. 민수는 언젠가 아이에게 이렇게 말할 거다.

"열심히 공부해라."

아마 민수의 아들은 이렇게 말할지도 모른다.

"나 공부 안 할 거예요. 내가 알아야 할 모든 것은 유치원에서 배웠어요."

아직까지 인류는 글을 통해 지식을 전달하고 책을 통해 지혜를 전수한다. 선사의 이심전심은 절에서나 이루어진다. 그러므로 민수가 언젠가 아들에게 "아빠도 책 안 읽으면서 왜 나한테만 책 읽으라고 해!" 하는 말을 들으면 아차 싶을 거다.

내가 하고 싶은 말은 이거다. 책이란 것, 글이란 것을 어렵게 생각하지 말자는 거다. 책 읽는 행위도 세상의 모든 취미 중 하나고 글쓰기 역시 마찬가지다. 일단 책과 글에 대한 부담에서 벗어나는 게 급선무다. 만약 내 친구 민수가 고등학교 3학년 때 문자 공포증에 걸리지 않았다면, 그는 골프를 칠 때만큼이나 책을 읽을 때 큰 즐거움을 얻는다는 것을 알았으리라. 하지만 책을 읽지 않는 것은 민수의 책임이 아니다. 우리나라의 잘못된 교육 때문이다.

나는 책과 글을 통해 만족과 행복을 얻었고, 사랑과 사람과 우주를 배웠다. 인생의 중반을 관통하는 즈음에 글을 써서 자신의 삶을 되돌아보는 것이 가치 있다고 나는 믿는다. 사람이 글을 쓰는 이유는 자신이 가진 신념이나 지식을 다른 이에게 전하려는 의도 때문이다. 나 역시 그렇다. 당신이 이 책을 집어든 이상, 그리고 여기까지 읽은 이상, 저자인 나 명로진이 가진 편협한 철학관을 들어줄 수밖에 없다(더구나 이 책은 재미있다. 그렇지 않은가?).

축구 이야기를 해보자. 전반이 끝나면 하프 타임을 갖는다. 이때는 휴식도 취하지만, 감독의 지휘 아래 전반전에 잘못된 점을 지적하고, 후반전을 대비한 전략을 짠다. 감독은 그라운드에서 직접 뛰지 않기에 선수들보다 더 객관적으로 모든 상황을 진단할 수 있다. 지친 선수를 빼고 부상당한 선수의 컨디션을 체크하고 새로운 선수를 투입하는 것도 감독의 몫이다. 상대팀의 장단점도 파악하고 후반에는 어떻게 공략해야 하는지도 안다. 하프 타임을 어떻게 보내느냐에 따라, 이때 어떤 전략과 전술을 지시하느냐에 따라 후반

45분의 경기가 달라진다.

자, 그럼 우린 어떻게 해야 하나. 우리는 운동장에서 직접 뛰는 선수이자 운동장 밖에서 지켜보는 감독이 되어야 한다. 우리에게도 감독이 있어서 일일이 지적해주면 좋겠지만, 아쉽게도 선생님들은 연로하셨고 부모님은 돌아가셨다. 아내는 잔소리나 해댈 뿐이고 남편은 무관심하다. 아이들? 좀 컸다고 반항이나 한다. 결국 우리 인생의 감독은 우리일 수밖에 없다.

앞서 말했지만, 감독은 벤치에 앉아서 경기 전체를 관망한다. 때문에 객관적이다. 우리가 좋은 감독이 되기 위해서는 우리 인생을 경기장 안으로 몰아넣고 밖에서 관찰할 줄 알아야 한다. 어려운 말로 '자아를 타자화'할 줄 알아야 한다. 자아의 타자화에 가장 좋은 것이 글쓰기다. 《치유하는 글쓰기》를 쓴 박미라 작가가 말했다.

"참 희한하게도, 직면하게 되면 오히려 담대해진다. 피하고 외면할 때는 한없이 두려웠는데. 돌리고 있던 고개를 들어 똑바로 쳐다보면 오히려 견딜 만해지는 것이다. 도저히 견딜 수 없을 것 같았던 일들도 글로 써서 다시 읽어보라. 이미 그것은 내 것이 아니다. 그저 종이 위에 기록된 사건일 뿐이다. 그게 견딜 만해지면 조금 더 세밀하게 묘사해보라. 같은 내용을 두 배의 분량으로 기록해보는 것이다. 두 배에서 네 배, 네 배에서 여덟 배… 그렇게 늘려 쓰기를 하다 보면 처음엔 고통스럽지만 쓰고 읽기를 반복하는 사이에 점점 초연해진다."

라틴어로 쓰인 오비디우스Publius Ovidius Naso의 《변신 이야기》를 보면 특이하게도 2인칭 서술이 나온다. 이를 테면 물에 비친 자신의 모습을 보고 사랑에 빠진 나르키소스에 대해 묘사하면서 이렇게 말한다.

"나르키소스는 그때 물속에 비친 아름다운 한 청년을 보았다. 그 제야 그대 나르키소스여. 그대는 사랑이 무엇인지를 알게 되었지. 그대는 물속의 그에게 다가가 넋을 잃고 쳐다봤다. '아, 아름다운 사람이여. 당신은 분명 신이리라. 내 가슴이 이렇게 떨린 적이 없거늘…' 그대는 그대와 사랑에 빠지고야 말았도다."

나는 여러분에게 자신을 2인칭으로 서술한 글을 써볼 것을 권한다. 예를 들어 이런 식으로 말이다.

"그대 명로진이여, 그대는 오늘도 마누라 잔소리를 듣고 풀이 죽었지. 그러나 밤을 기대하라. 술과 잔치가 그대를 기다리나니…. 물론 파티 시간은 되도록 자정을 넘기지 않아야 하리라. 만약 자정을 넘겼다간 그대는 신데렐라처럼 초라해지리니. 그대의 아내와 약속한 밤 12시 이전 귀가를 기억해야 하거늘. 그 규약을 어겼다간 다음 날 아침 또 다시 잔소리 폭탄을 맞아야 하나니. 모든 즐거운 연회는 자정의 종소리와 함께 파하도록 하라. 오오, 신이여. 내게 술을 마시면서도 귀가 시간을 지킬 수 있는 절제를 주소서…." (이거 왠지 공처가의 하소연으로 흐르는 느낌이다.)

부적절한 예를 용서해주길. 하여간 이렇게 자신을 2인칭으로 서술하고 나면 아침에 아내에게서 받은 상처는 희화화되어 사라진다.

여제자 중 한 사람이 쓴 원고를 보자.

"나도 잘 알아. 네가 그것 때문에 아프다는 걸. 그때 생긴 흉터가 아직도 남아 있지? 그런데 그거 알아? 흉터는 상처가 치유된 증거라는 것을. 흉터가 제대로 남지 않으면 상처는 이상하게 아물어 켈로이드라는 더 크고 보기 흉한 자국이 된다는 거야. 그러니까 흉터는 비대해지거나 악화되려는 피부를 진정시킨 최소한의 흔적이란 거지.

세상에 흉터 없는 사람이 어디 있니? 네가 중학교 3학년 때, 알아. 그때에 관한 얘기하고 싶어하지 않는 거. 그렇지만 참고 들어. 지금 참으면 일반 흉터가 되지만 못 참으면 켈로이드가 돼. 네가 중학교 3학년 때…, 잠결에 뭔가가 느껴져 눈을 떴을 때, 술에 취한 아빠가 너의 팬티 안에 손을 넣고 있는 모습을 봤지. 너는 이루 말할 수 없는 수치심에 몸을 떨었어. 모두 세 번이었지. 다행히 아빠는 술을 끊었고, 모든 게 정상으로 돌아왔어. 아빠는 여전히 아빠였고 우리 가정은 예전처럼 지냈어.

문제는, 네가 남자를 쉽게 받아들이지 못한다는 거지. 누군가 네게 다가올 때마다 중3 때의 아빠 얼굴이 떠오르니까. 그때 아빠의 모습은 모질고 거칠고 무서웠으니까. 그런데 한번 생각해보자고. 도대체 언제까지 이럴 거야? 아빠 돌아가신 게 10년 전이야. 지금 네게는 좋은 남자도 생겼어. 결혼할 나이도 지났잖아. 이제 제발 그만하자."

알겠지만, 앞글의 '너'는 바로 글쓴이 자신이다. 내가 나에 대해서 쓸 때는 차마 할 수 없었던 말도 내가 너에 대해서 쓸 때는 할 수 있다. 상처받은 친구에게 혹은 동생에게 하듯 글을 써보라. 당신 자신을 2인칭으로 해서. 이때 나는 쓰는 사람이자 동시에 읽는 사람이 된다. 화자이자 청자가 된다. 나 자신이자 다른 사람이 된다. 자아이면서 동시에 타자가 된다. 주관적이면서 더불어 객관적이 된다. 선수이면서 감독이다.

지금은 하프 타임 10분이다. 당신은 지금 이 순간 감독이다. 감독인 당신은 선수인 당신에게 지시할 수 있다. 글쓰기를 통해서 말이다. 부디 맨체스터 유나이티드의 전설적인 감독 퍼거슨처럼 선수를 잘 다독거리고 훌륭한 전략을 지시하기를.

글 속에서 길을 찾다

글쓰기가 인생을 바꿀 수 있을까? 아는 후배 한 사람은 "영화 〈반지의 제왕〉이 내 인생을 바꿨다"고 말한다. 그는 매년 한 번씩 〈반지의 제왕〉 시리즈를 처음부터 끝까지 보는데 그때마다 큰 깨달음을 얻는단다. 거기에 인생과 철학과 사랑과 배신이 있다나. 음, 그래도 〈해리포터〉 시리즈가 아니라 다행이다.

어떤 사람은 매년 《삼국지》를 읽으면서 인생관과 우주관을 가다듬는다고 했다. 누구는 〈금강경〉을 매일 독송하면서 삶을 돌아본다고 했다. 친구 하나는 지난번 만났을 때 내게 심각하게 이렇게 말했다.

"열네 살 때 본 음란 서적 한 권이 인생을 바꿨다."

여성의 순수와 순결에 대해 뿌리 깊은 불신이 생기면서 앞으로 어떤 여자를 만나도 자신의 순정을 주지 않겠다고 결심했다나. 그래서 아직도 결혼을 하지 않았다나(싱글인 이유치고는 퍽 졸렬하다)

어떤 사람은 옻칠공예가 인생을 바꿨고, 어떤 사람은 구두 수선을 통해 인생이 바뀌었으며, 어떤 사람은 '착하게 살자'라는 단순한 문구를 몸에 새기고 인생을 바꾸려고 노력한다. 왜 아니겠나? 도구가 중요한 게 아니라 마음이 중요한 거다.

자신의 인생을 바꾼 한마디 말에 대해 여러 작가가 쓴 책《지금은 서툴러도 괜찮아》에 보면 여행작가 오소희 님의 글이 있다. 오 작가는 아프리카 여행을 다녀와서《하쿠나 마타타 우리 같이 춤출래?》라는 책을 냈는데, 그 책을 읽은 독자 한 사람이 편지를 보내왔다.

"책이 너무 좋아서 친척 동생에게 읽히고 싶습니다. 그런데 동생이 시각 장애인이거든요. 혹시 점자책이 없을까요?"

보통 사람 같으면 "없어요. I'm sorry"라고 답했을 거다(나도 그랬을 거다). 그런데 오소희 작가는 이렇게 답했다.

"제가 대신 읽어줄게요."

그렇게 시각 장애를 가진 중학교 2학년 소년들 수빈, 희원과 만나기 시작했다. 책도 읽어주고 문학에 대해 이야기도 나누고 오 작가의 여행 경험도 들려줬다. 겨울이라 방과 후에는 금세 어둠이 내렸다. 두 번째 만남이 끝나고 나서 오 작가는, 아이들이 익숙한 솜씨로 형광등을 끄고 블라인드를 내리고 책걸상을 정리한다는 걸

알았다. 교실에는 한쪽에만 형광등이 켜져 있었는데 바로 오 작가
가 앉았던 곳이었다. 보이지 않는 아이들은 교실 안의 모든 상황을
머릿속으로 보고 있었다.

잠시 후 아이들에게 물었다.

"너희는 이 교실 구석구석을 다 암기했겠구나. 그럼 새로운 공간에
가면 어떻게 하니?"

희원이가 당연하다는 듯 대답했다.

"부딪히면서 배워요."

일이 초간 숨이 멈췄다. 아, 그것 참 멋진 말이로구나! 그때 나는 나
이 사십을 목전에 두고 있었다. 삶의 윤곽을 알아버린 것 같았고, 그만
큼 세상은 덜 흥미로웠다. 나는 스스로 얼마나 모자란 존재인지를 잊
고 있었다. 그래서 지구의 머나먼 끝까지 다녀와야 절절한 교훈 하나
쯤 가슴에 심을 수 있었다. 아이들이 그런 내게 가르쳤다. 당신 바로
곁에 책상이 있어요. 부딪히면서 배워요. 배운다는 건 그런 거예요. 온
몸을 내던지는 것.

그날 저녁, 알에서 깨어나듯, 나는 어둠 속에서 깨어났다. 아끼지 않
을 것이다. 다가올 나의 중년엔 모름지기 더 부딪히고 더 배울 것이다.
어둠 속에서, 아이들 손을 잡고 긴 복도를 빠져나왔다.

- 오소희 외, 《지금은 서툴러도 괜찮아》 중에서

"부딪히면서 배워요"라는 말 한마디가 오소희 작가의 인생을 바꿨다. 〈반지의 제왕〉이든, 누군가의 말 한마디든, 종교의 경전이든 상관없다. 하다못해 어릴 적 개울가에서 던지고 놀던 조약돌 하나도 우리 인생을 바꿀 수 있다. 그렇다면 글쓰기는? 우리 인생을 바꾸고도 남는다.

1994년 가을, 캘리포니아 롱비치에 있는 월슨 고등학교에 애송이 선생님 에린 그루웰Erin Gruwell이 첫 발령을 받아 온다. 이곳에는 온갖 불량 학생들이 모여 있다. 보호관찰 대상인 아이, 마약중독을 치료 중인 아이, 다른 학교에서 퇴학을 당해 온 아이…. 흑인, 히스패닉, 베트남계와 중국계가 학생의 대부분인 이 학교는 지역사회에서도 버림받은 공립 고등학교였다.

'청소년에게 꿈과 희망을 가르쳐야겠다'는 순수한 꿈을 안고 첫 수업에 들어간 에린 선생은 시작부터 난관에 부딪힌다. 국어 선생으로 203호 교실 150명의 아이들을 가르치게 된 에린 선생은 수업 시간에 아이들이 쪽지를 돌리는 걸 발견한다. "껌둥이들 꺼져", "냄새나는 짱깨는 어떻고" 같은 인종 차별적인 내용이었다. 에린이 소리친다.

"이런 생각이 바로 홀로코스트를 낳은 거야!"

"홀로코스트가 뭔데요?"

아이들은 어리둥절해했다. 에린은 깨닫는다. 아이들에게 단어부터 가르쳐야 한다는 것을. 햇병아리 선생은 아이들을 위해 두 권의 책을 택해 읽힌다. 유태인 학살의 공포 속에서 희망과 유머를 잃지 않고 살아간 소녀의 글인 《안네의 일기》와 보스니아 내전을 겪으면서 인종 차별을 목격한 소녀의 책인 《즐라타의 일기》였다.

문제아 청소년들은 이 두 권의 책 속에서 가해자이자 피해자인 자신의 모습을 발견한다. 인생이 바뀌는 순간이다. 책을 읽고 인종에 대한 편견을 깨고 서로에 대한 오해를 푼 학생들에게 에린 그루웰 선생은 숙제를 낸다.

"A4 용지 한 장에 글을 써올 것."

처음에는 한 줄도 쓰지 못했던 아이들이, 욕설과 비난으로 종이를 채웠던 학생들이, 세상에 대한 원망과 미래에 대한 절망으로 가득했던 녀석들이 조금씩 변하기 시작한다. 진실에 눈을 뜨고, 현실에 맞서고, 깨달음을 얻는다. 인생이 한 번 더 바뀌는 순간이다. 하루하루 자신의 생각과 느낌을 일기에 적어 숙제로 낸 아이들은 자신들을 '자유의 작가들The Freedom Writers'이라고 불렀다. 1960년대 흑인 인종 차별에 맞서 시민운동을 벌였던 단체 '자유의 여행자들The Freedom Riders'을 기리는 의미였다.

소년과 소녀들은 글을 쓰면서 용기를 얻고, 희망을 품게 되고, 무엇보다 자신을 돌아보게 된다. 내일이 없던 아이들, 고등학교를 졸업하고 갱단에 들어가는 것이 꿈이던 베트남 이민자의 아들, 성폭행을 당해 삶의 의미를 잊고 살던 여학생, 자기 아버지와 삼촌들이 그랬던 것처럼 잡역부나 일용직 노동자가 되는 게 당연하다고 여겼던 흑인 빈민가의 자식들은 기적 같은 변화를 겪는다. 글쓰기를 통해서!

어른들이 만든 사막같이 황량한 대도시에서 소외된 청소년들은 글쓰기를 통해 성장의 의례를 치르고 다시 태어난다. 에린 그루웰 선생에게 배운 150명의 아이들은 전원이 무사히 고등학교를 졸업한다. 그중 몇몇은 하버드, 예일, 프린스턴 같은 명문대에 진학한다. 윌슨고등학교 최초의 일이었다. 이 아이들이 쓴 글 142편을 엮어서 낸 책이 《프리덤 라이터스 다이어리》이고, 후에 힐러리 스웽크 주연의 영화로도 만들어졌다. 에린 그루웰 선생과 아이들은 백악관에 초청을 받기도 했다. 에린의 학생 중 하나가 쓴 글이다.

"숲 속에 난 두 갈래 길 중에서, 나는 사람들이 적게 간 길을 택했고, 그 후로 모든 것이 변했네"라는 로버트 프로스트의 말처럼 나는 두 갈래 길 앞에 선 여행자와 같다. 내게는 두 가지 선택이 있다. 하나는 가족이 걸어간 길을 따라 바로 일자리를 구하는 것이고, 다른 하나는 아무도 가지 않은 길을 따라 가족 중 처음으로 대학에 들어가는 것이다. 나는 아무도 가지 않은 길을 가기로 결심했다. 그 길이 결국은 더 나은 미래로 나를 데려다줄 것이기 때문이다. 내가 앞서서 걸어가면, 내 여동생들은 나만큼 두려워하지 않고도 그 길을 따라올 수 있을 것이다.

- 에린 그루웰 저 ,《프리덤 라이터스 다이어리》중에서

우리 인생은 늘 두 갈래 길 중 하나를 선택하는 일의 반복이다. 오늘 당신이 서 있는 숲에도 두 갈래 길이 나 있는가? 어떤 길을 선택해야 할지 망설여지는가? 일단 차를 끓이고 조용히 글을 써보라. 혹 아는가? 그리스 음유시인들을 도왔다는 무사이(Mousai, 그리스 신화에서 시, 문예, 철학, 음악 등을 담당했던 여신 Mousa의 복수형) 여신이 축복의 길을 선택하도록 당신에게 영감을 줄지.

나 같은 사람이 글은 무슨

"신 등이 엎드려 생각하건대 제작하신 상스러운 말은 지극히 신묘하여 지혜로움이 뛰어나심을 알겠사오나, 신 등의 소견으로는 의심되는 것이 있사오니 부디 거룩한 검토를 바라옵니다.

첫째, 새로운 문자 창제 소식이 중국에 전해지면 황제의 비난을 받게 될 것이옵니다.

둘째, 언문을 만드는 것은 중국을 버리고 오랑캐가 되려는 행동이옵니다. 몽골, 여진, 일본, 서하 등은 자기 글자가 따로 있으나 한결같이 오랑캐들이옵니다.

셋째, 설총의 이두가 있는데 굳이 언문을 따로 만들 이유가 없사옵니다.

넷째, 말과 글이 같아도 어리석은 백성의 원통함을 푸는 데 도움이 되지 않사옵니다. 이두를 아는 자도 허위자백을 하는 경우가 허다하옵니다.

다섯째, 문자의 보급은 국가지 대사인데 어찌 대신들과 상의 없이 주상께서 독단으로 결정하고 시행하시옵니까…. (중략)"

윗글은 최만리 등이 한글 창제를 반대하며 세종대왕에게 보낸 상소문이다. 나는 지금 새삼스레 한글을 만든 세종의 공덕을 되새기려는 게 아니다. 최만리를 비난하려는 것도 아니다. 최만리 등 7인으로 대표되는 조선 초기의 사대부들이 왜 한글 창제를 반대했는지를 말하려는 것이다.

간단히 말하면, 문자는 권력이다. 병원에서 의사들이 왜 "상기도 감염으로 이폐감과 오심이 유발된다"고 하겠는가? "감기에 걸려서 귀가 먹먹해지고 구역질이 난다"고 하지 않고. 법원에서 왜 판검사들이 "불상의 방법으로 기망해 경락을 경료했다"고 말하겠는가? "알 수 없는 방법으로 속여 매각을 마쳤다"고 하지 않고. 증권 전문가들은 왜 "펀더멘털이 훼손되었으니 반등을 이용해 비중을 축소하라"고 표현하겠는가? "경제의 흐름이 나쁘니 주식을 빨리 팔아라"라고 하지 않고.

어렵고 괴상한 언어일수록 그것을 사용하는 이들의 특권을 공고히 지켜주기 때문이다. 조선 선비들이 훈민정음을 만드는 것에 반대한 이유는, 자신들의 기득권을 지키기 위해서였다. 문자가 권력인데 그 문자를 무지렁이 백성들에게 나눠주라고? 권력은 부요, 명예다.

자, 여기 돈이 있다 치자. 지금 이 돈을 나와 내 가족과 나랑 친한 사람들만 갖고 있다. 그런데 어느 날 왕이 갑자기 그 돈을 길 가는 사람들에게 나눠주라고 한다. 당신 같으면 나누겠는가? 절대 안 나눠준다.

조선 왕조 500년 동안 문자(=한문)가 권력이었기에 양반들만 문자를 독점하고 그로 인해 온갖 특권을 향유했다. 모든 국민이 한글을 사용하게 된 이후에도 마찬가지였다. 글을 쓴다는 것은 고등교육을 받은 자들의 특권이었다. "언니 잘 있어? 나도 잘 있어" 수준의 소통을 말하는 것이 아니다. 글을 통해 다른 사람에게 영향을 미치는 공적인 차원의 글쓰기를 뜻한다.

학교를 졸업하면서 우리는 글쓰기도 졸업하고 말았다. 글을 써서 자신을 표현하는 것은 그저 작가들의 몫이라 생각한다. '내가 무슨 글을 써?'라고 비하하곤 한다. 글은 아무나 쓰나 하며 몸을 사린다. 이런 사고 때문에 우리는 내내 남의 글을 읽고 감동하고 남의 글을 우러러보며 감탄하고 남의 글만 귀하게 여기고 감명한다. 이제 저 세종 이도 선생이 한글을 처음 만든 뜻을 따라 우리도 우리의 글을 써야 할 때가 됐다. 대왕께서 말씀하셨다.

"어리석은 백성이 이르고자 할 바가 있어도 제 뜻을 다 펴지 못하니 이를 가엾게 여겨 새로 스물여덟 자를 만드노니 사람들이 이 글자를 매일 써서 쉽게 여기고 편하게 살라고 하는 것이다." (오오, 왕이시여. 그대는 진정 성군!)

그러니 이제 쓰자. 우리는 매일 글을 써서 쉽게 여겨야 하고, 우리의 뜻을 펼쳐야 하고, 그래서 편하게 살아야 한다. 그게 세종대왕의 유훈이다.

통계청 자료를 보면 2010년 서울에 사는 30세에서 45세 사이 남녀 중 대학(2년제 포함) 이상의 교육을 받은 사람이 67퍼센트였다. 40대 중년 남성의 평균 학력 역시 대학 중퇴 이상이다. 학력이 부족해서 글을 쓰지 못하는 시대가 아니란 말이다. 초등학교부터 대학 때까지 우리가 배운 교육의 대부분은 뭔가를 쓰는 것이었다.

국어, 영어, 논문 같은 글쓰기만 말하는 것이 아니다. 책을 읽고 나면 독후감을 써야 하고 방학 때는 일기를 써야 하며 잘못을 하면 반성문을 썼다. 사회생활을 하면서도 마찬가지다. 회사에서 잘못을 저지르면 상사가 "어서 잘못했다 말해"라고 하지 않는다. "시말서 써"라고 말한다. 우리는 우리가 저지른 잘못에 대해 기술하고 '추후 다시는 이런 일이 재발하지 않도록 만전을 기하겠습니다' 등등의 글로 끝낸다. 뭔가를 잘했을 때도 윗사람들은 "아주 잘했어. 잘한 것에 대해 이야기해봐"라고 하지 않는다. "훌륭해. 그럼 보고서 작성해서 올려"라고 말한다.

물론 내가 여기서 말하는 글쓰기는 시말서나 반성문 혹은 보고서를 뜻하는 게 아니다. 실용적인 목적을 갖지 않는 순수한 글쓰기를 말하는 거다. 뭐가 '순수한' 글쓰기냐고? 상사의 눈치를 보지 않아도 되는 당당한 글쓰기, 아랫사람의 험담을 들을 필요 없는 고유한 글쓰기, 마누라나 남편한테 보여주지 않아도 되는 비밀스런 글쓰기, 자식이나 부모 걱정 따위는 포함되지 않는 나만의 글쓰기…. 이런 게 순수한 글쓰기다. 세상의 이익이나 타인의 시선 같은 것에 구애받지 않아도 되기에 순수하며 순수하기에 자유롭고 자유롭기에 독특한, 그런 글쓰기 말이다.

《주역》〈계사하〉편에 보면 '기미를 아는 것은 신묘한 것이다(知幾其神)'라는 말이 있고, '기미를 통해 운명을 바꾼다(見機而作)'는 말이 있다. 자기 운명은 부적을 통해 바뀌는 게 아니라, 기미를 통해 바꿔야 하는 것이다. 세상이 혼란스럽고 인생이 힘들 때 어떻게 어디에서부터 출발해야 하는지를 가르쳐주는 참 좋은 말 같다. 처음부터 어떤 거창한 것보다도, 아주 미미하지만 새로운 변화의 조짐이 보이는 찰나를 놓치지 말아야 한다.

그중에서도 나의 생각을 새롭게 만드는 하나의 문장과 만나는 일, 그리고 나의 생각을 새롭게 변화시키는 하나의 문장을 만드는 일이야말로, 기미를 아는 것이고, 기미를 통해 운명을 바꿔나가는 첫걸음이 아닐까.

어떤가. 쓰기도 전에 이미 우리 겨드랑이에 날개가 솟아나는 느낌 아닌가? 이 글을 읽고 있는 당신도 한때는 문학청년이었고 시를 사랑하는 소녀였다. 더 늦기 전에 컴퓨터를 켜라. 손이 굳기 전에 만년필에 잉크를 채워라. 치매가 오기 전에 백지를 펼쳐라. 그리고 쓰라. 첫 문단은 다음과 같다.

'나 같은 사람이 무슨 글을 쓸까 싶었다. 그런데 생각해보니, 나도 한때는 문학을 사랑하는 순수한 아이였다. 꿈에 부풀어 이런 저런 이야기를 쓰고 싶었다. 그때 만난 내 또래의 순수한 그(그녀)가 생각난다….' (다음은 각자 이어서 쓸 것.)

몸 아프면 약을 먹고, 마음 아프면 글을 먹고

바그머띠Bagmati 강이 흐르는 네팔 최대의 힌두교 성지 파슈파티나트Pashupatinath. 살아온 배경과 카스트를 막론하고 죽음에 이르러서는 같은 방식으로 화장되어 강물 위 한줌재로 뿌려지는 곳…. 삶과 죽음이 함께하는 성스러운 그곳에 민들레처럼 뿌리내리고 살아가는 아이들이 있다.

시신의 입에 저승 가는 노잣돈으로 물려주는 동전이나 금붙이를 주우려, 시신을 태운 재가 흩뿌려지기 무섭게 강물에 뛰어드는 아이들. 아이들이 차가운 물속에서 모은 돈은 고작 20~30루피. 한 끼 혹은 두 끼니를 해결할 수 있는 돈이다.

그 아이들 속에 열 살 난 소년 엘레세가 있다. 알코올 중독자 어머니로부터 아무런 보살핌도 받지 못하는 아이는 너무 일찍 세상에 던져져 성치 않은 어미와 동생까지 돌보아야 한다. 그건 아이에게 천형처럼 무거운 짐이 되어 발목을 잡아끈다.

엘레세보다 한 살 많은 형 데이빗은 누구보다 꿈이 많은 아이였다. 동생들을 돌보며 공부도 해서 언젠가 파일럿이 되고 싶었던 데이빗은 술에 취해 화장터 주변에서 구걸하는 엄마와 돌봐야 하는 동생들이 있는 강변이 지겨워지기 시작했다.

하지만 그가 떠나온 곳은 화장터에서 그리 멀지 않은 도로변, 그곳에서 달리는 차들 사이로 이리저리 뛰어다니며 구걸을 한다. 모든 길 위의 시간이 그러하듯 아이는 고된 현실과 감당할 수 없는 외로움에 침잠해가고 가끔 흡입하는 본드는 어린 뇌에 절망을 더한다.

그 낯선 풍경 속을 아무것도 모르는, 그러나 깊은 눈동자 속에 모든 것을 알아버린 듯한 눈빛의 막내 뿌자가 바람처럼 뛰어다니며 춤을 춘다. 아이들은 그 상황에서 몇 걸음이나 걸어 나와 있을까? 고작 열한 살이던 데이빗은 텅 빈 눈으로 이렇게 말했었다.

"열두 살까지만 살 거예요···. 그 다음에는 죽을 거예요."

내가 진행하는 글쓰기 수업에서 첫 글쓰기 숙제로 앙크가 낸 글이다. 앙크Ankh는 '생명'을 뜻하는 이집트어인데 그녀의 별명이다. 수업을 듣는 동기생들과 함께 갔던 워크숍 때 산책을 하다 우리는 문 닫은 갤러리를 하나 발견했다. 갤러리 표지판 앞에서 엽기적인 포즈로 사진을 찍은 그녀에게 우리는 그 갤러리 이름을 별명으로 붙여줬다. 앙크는 딱 마흔 살의 우울한 분위기를 풍기는 여성이었다. 그녀가 처음으로 제출한 원고 역시 음울했다.

고작 열한 살이던 데이빗은 텅 빈 눈으로 이렇게 말했었다.
"열두 살까지만 살 거예요…. 그 다음에는 죽을 거예요."

앙크가 마지막 문장을 읽었을 때, 누군가는 한숨을 쉬었고 누군가는 탄식을 했다. 앙크는 네팔의 화장터에서 사는 아이들에 대한 이야기를 쓰고 싶어했다. 수년 전에 그곳에서 만났던 아이들이 그녀의 마음에 아프게 박히고 말았다. 서울에 돌아와 잘 먹고 잘 살면서도, 극한의 환경에서 살아가는 아이들이 눈에 밟혔다. 이럴 때 나는 네팔의 아이들이 앙크의 정신에 '각인됐다'고 표현한다.

무엇인가 혹은 누군가가 우리의 정신에 각인된 이상 우리는 그것을 달래어 풀어내거나 지우지 않으면 안 된다. 그 방법 중 하나가 글을 쓰는 행위다. 작가들은 이루어지지 않은 사랑에 대해 그렇게 열심히 글을 쓴다. 각인된 사랑 때문에 오래 상처받았기 때문이다. 작가들이 글을 쓸 때, 상처는 치유된다. 많이 상처받은 사람일수록 글을 많이 쓰게 된다. 글을 쓰려는 사람들은 오늘도 상처를 찾아나선다. 상처가 많은 사람들아. 다행이다. 당신들에게 쓸거리가 많아서.

앙크는 네팔의 화장터에서 하루하루 연명하는 아이들에 관한 다큐멘터리를 만드는 작업을 했었다. 관광을 갔거나 사업차 그곳을 방문했다면 앙크가 그 아이들을 그렇게 오래 만날 일은 없었을 것이다. 앙크에게 그들이 각인되는 일도 없었을 것이다. 아이들과 이야기하고 그들의 사진을 찍으며 함께 보낸 석 달 동안 그녀는 상처받았다. 한창 신나게 뛰어놀아야 할 아이들이 목숨을 담보로 몇백 원을 벌어야 하는 현실은 그녀를 아프게 했다. 아무것도 모르는 아이들에게 거지 같은 삶을 물려준 어른들에 대해 참을 수 없었다. 그 상황을 두고 아무것도 할 수 없는 그녀 자신에게 또 화가 났다. 아이들의 치열한 생을 비즈니스의 소재로 삼아야 하는 스스로가 미웠다.

앙크는 안타까운 네팔 아이들에 대해 몇 꼭지의 글을 쓰더니 자신의 이야기도 쓰고, 창작 콩트도 썼다. 처음에는 말도 없던 그녀였다. 수업이 끝나면 휑하니 집으로 가버리곤 했다. 한 주, 한 주 지나면서 앙크는 변하기 시작했다. 내 느낌이 아니다. 그녀 스스로 이렇게 말했다.

"다시 글을 쓰기 시작하면서, 삶과 사람에 대한 두려움이 조금 줄어든 것 같아요. 오랜 시간 꿈쩍하지 않았던 마음 한 부분이, 마음의 어떤 상태가 조금씩 움직이기 시작했어요. 그래서 잊고 있었던, 돌아가고 싶었던 내 안의 어떤 모습들이 문득문득 떠올라요. 그게 놀랍기도

하고 반갑기도 하고… 좀 복잡한 감정인데 나쁘지 않아요. 같이 글을 쓰는 동료들이 있다는 사실도 든든하고요. 저 정말 많이 명랑해지지 않았나요?"

처음에는 카메라를 들이대면 무조건 얼굴을 가렸던 그녀였다. 그랬던 그녀가 3개월 뒤, 종강 때는 당당히 카메라 쪽으로 얼굴을 내밀었다. 누군가 이렇게 말했다.

"와! 앙크가 변했어요. 사진 찍을 때 얼굴을 드러내는 걸 봐요."

이 글을 쓰기 위해 앙크와 통화를 했다. 앙크는 다음 달 말에 네팔로 떠난다고 했다. 가족에게 양해를 구하고(그녀의 표현에 의하면 '가족을 버리고.' 부라바Brava 앙크! 잠시 가족을 버리는 것은 영구히 가족을 위하는 길이나니) 단신으로 네팔에 다녀올 계획이란다.

"아니, 정말로 가겠다고?"

"선생님이 그러셨잖아요. 그 아이들에 대해 진심으로 쓰고 싶으면 꼭 다시 한 번 가보라고. 엘레세와 데이빗을 다시 만나보고 나서 생생한 글을 써서 세상에 알리라고."

"이런!"(선생이 시킨다고 다 한다. 오래전 다녀온 곳에 대해 여행기를 쓰는 사람에게 나는 '다시 한 번 가보라'고 부추긴다. 누구는 홍콩으로 떠났고, 누구는 아프리카로 갔으며, 누군가는 인도 아삼으로 출국했다.)

앙크는 파슈파티나트 화장터로 가서 부쩍 커진 아이들을 만나고 올 것이다. 몇 푼을 구걸하기 위해 과속으로 지나는 차들을 누비며 하루살이처럼 살아가는 아이들을.

"엘레세와 데이빗이 아직 살아 있었으면 좋겠어요. 데이빗은 1년만 살겠다고 했는데…."

그녀의 마지막 말이 내게 상처를 남긴다. 나는 결코 네팔에 가지 않으리라.

글쓰기는 우리를 치유한다. 이 치유의 효과를 아는 사람은 실연당할 때마다 글을 토해낸다. 상처받을 때마다 자판을 두드린다. 배신당할 때마다 백지를 채운다. 글쓰기가 폐암을 고치거나 치질을 낫게 했다는 임상 보고는 아직 없다. 위장병이나 피부염에는 더 나쁠 수도 있다(글 쓰다가 밥을 거를 수도 있고 밤을 샐 수도 있기 때문에). 그러나 정신과 관계된 증상에는 탁월한 효과가 있는 것이 사실이다. 치매에 걸린 작가가 있다는 소리 들어봤는가? 치매에 걸린 정치인은 꽤 있었다. 이 사람들은 원래 흰소리하는 게 일인데다가 자기들이 한 말을 금방 잊어버리는 데 능숙하니까. 습관이 병 되는 거다.

나는 '글쓰기, 치매에 특효' 운운 하는 말을 근거 자료까지 제시하면서 말하고 싶지 않다. 글쓰기가 우리의 정신과 영혼의 상처를 치유하는 것은 당연하다. 어떤 자명한 믿음은 근거 따위를 필요로 하지 않는다. 문헌이나 통계를 넘어선다. 내게 글쓰기는 신앙이다. 신앙은 증거를 필요로 하지 않는다. 증거 없이 믿는 것이 진짜다. '글쓰기는 내 질병을 어떻게 고쳤나?'에 대해 간증하라면 3박 4

일도 부족하다. 금식기도 20일 만에 불치병을 고쳤다든가, 산사 수행 3개월 만에 암이 사라졌다든가, 이슬람으로 개종하자마자 아토피를 극복했다든가 하는 이야기는 차고 넘친다. 나는 눈 하나 깜짝하지 않고 이렇게 말하련다.

"아프시오? 글을 쓰시오. 쓰다 보면 당신의 고통쯤은 잊게 될 거요."

2장

즐거운 글쓰기를 위한 몇 가지 방법들

쓰고 싶은 것을 쓴다

잘 알겠다. 글쓰기가 좋다는 것을. 인생을 정리하는 데 도움이 되고, 자기 치유 능력이 있고, 정신의 묵은 때를 벗겨낼 수도 있다. 그런데 도대체 뭐에 대해 쓴단 말인가? 글쓰기를 배우려는 사람들이 가장 많이 하는 질문이다. 이 질문에 정답은 없다. 쓰고 싶은 걸 쓰면 된다. 이렇게 자유를 줘도 수강생들은 또 말한다.

"쓰고 싶은 게 뭔지 잘 모르겠어요. 그냥 선생님이 주제를 정해주세요."

초등학교 때 버릇이 어른이 될 때까지 지속되는 게 맞는 것 같다. 수강생들은 "선생님이 해주세요~"라고 말하고 턱을 괸 채 눈빛을 빛내며 나를 바라본다. 에휴…. 이럴 때 나는 짐짓 심각한 주제를 던져본다.

"나는 누구인가?"

"에이, 그런 건 너무 진부하잖아요." 수강생들은 또 불만이다.

"그럼 이건 어떤가요? 나의 첫사랑."

"선생님! 우리들은 고등학생이 아닙니다."

"좋아요. '내 생애 가장 야한 이야기'에 대해 써보세요."

그제야 고개를 박고 쓰기 시작한다. 결국 19금을 원한 건가? 수강생들은 뭔가 참신한 주제를 원했나 보다.

이 글을 쓰는 여러분도 고민할 것이다. 도대체 무슨 주제에 대해 글을 쓴단 말인가.

처음부터 거창하게 시작할 필요는 없다. 간단한 것부터 써보자. 가족부터 희생양(!)으로 만들어보자. 다음을 제목으로 A4 한 장을 채워보자.

- 내 아내(갑자기 우울해진다고?)

- 내 아들(쓸 말이 없다고?)

- 내 딸(대화한 지가 언제?)

- 어머니(아직도 잔소리하시는…)

- 아버지(돌아가신 지 오래. 기억이 가물가물)

- 내 형제들(이 사람들에 대해 왜 써야 하는데?)

- 내 조카(내 아들, 딸 생각만으로도 머리가 아픈데, 웬 조카?)

앞의 주제에 대해 약간 삐딱한 시각으로 대응하는 사람들의 생각을 뒤 괄호에 묶어봤다. 좋다. 그렇게 시작해도 된다. 글이란 늘 반쯤은 냉담하고 반항적이다. 그것은 벽을 향해 던진 스쿼시 볼 같아서 반발하며 우리에게 다시 돌아온다. 우리는 맞받아쳐야 한다. 경기장 안의 스쿼시 볼은 멈추기라도 하지만, 인생의 스쿼시 볼은 멈추지 않는다. 우리가 호흡을 그칠 때까지 그저 쉬지 않고 되받아쳐야 한다. 그러니 얼마나 피곤한가? 그 피곤함에 대해 토로하는 것으로 당신의 글을 개시하면 된다.

가족에 대해 쓰고 싶지 않다면 사랑에 대해 써보라. 사랑? 그게 뭔지 잊은 지 오래라고? 그리스인들은 세상이 처음 생겨날 때 사랑이 함께 창조되었다고 믿는다. 구본형이 쓴 《그리스인 이야기》에 보면 이런 말이 있다.

처음 세상은 헤아릴 수 없이 광활한 심연이었으니 그것은 카오스, 즉 혼돈이었다. 폭풍우 몰아치는 바다처럼 난폭하고 빛 하나 없는 어둠으로 텅 비어 있는 우주에는 아무것도 살지 않았다. 밤과 어둠이 전부였다. 이 속에서 가장 아름다운 것이 태어났다. 그리스의 희극 시인인 아리스토파네스Aristophanes는 이 창조의 순간을 어둠 속에서 돌연 터져 나오는 웃음처럼 묘사했다.

칠흑 날개 달린 밤이

어둡고 깊은 에레보스Erebus의 품으로 날아드니

바람에 실린 알이 하나 툭,

세월이 흘러 흘러 알이 깨져

황금 날개 찬란히 빛나는

사랑이 팡 터져 나왔네.

밤의 여신 닉스Nyx가 어둠의 신 에레보스와 사랑을 나누어 그 사이에서 알이 하나 생겨났다. (중략) 그 알이 부화하여 껍질을 깨고 황금의 날개를 달고 날아오르니 그것이 바로 사랑이었다.

사랑이 생기고 나서 비로소 빛과 낮이 생겨나고 어둠이 사위어 들었다. 그리고 대지가 만들어지고 하늘이 생겨났으며 나머지 것들이 나타났다. 사랑은 또 존재하는 모든 것들이 서로 짝지어 대를 이어가게 했다. 하긴, 세상 만물이 사랑이 없으면 어떻게 생겨나겠는가? 수소와 산소가 사랑해서 물이 생겨나고, 질소와 다른 원소들이 결합해서 공기가 생겨나고, 우리 어머니와 아버지가 사랑해서 우리가 생겨난 것을. 그러므로 우리는 존재의 근원을 찾기 위해서라도 써야 한다. 사랑에 대해서.

우리의 첫사랑에 대해 써보자. 첫사랑이 마지막 사랑이라고?(장담할 수 있나?) 좋다. 첫사랑이자 마지막 사랑인 소중한 그 사람에 대해 써보자. 아마 쓰기도 전에 미안해질 것이다. 그럼 당신은 착한 사람이다. 쓰기도 전에 화가 난다고? 그럼 당신의 글쓰기 주제가 되는 그 사람이 못된 사람이다. 도저히 쓰고 싶지 않다고? 당신도, 그도 모두 더 살아봐야 한다.

사랑에 대한 경험이 부족하다면 소설이나 영화 속의 사랑에 대해 써보라. 혹 아직도 싱글이라면, 미래의 사랑에 대해 써보자(이것처럼 기운 빠지는 일도 없겠지만). 제일 좋은 것은, 미래의 사랑에 대해 쓰고 있는 자신이 한심하게 느껴져 당장 사랑을 찾아 나서는 것이다. 그것 때문에 글을 못 쓰겠다면 용서가 가능하다. 이도 저도 아니면 아예 사랑에 대한 짧은 소설(아주 짧은 소설을 손바닥 장자를 써서 장편掌篇이라고 한다. 콩트라고 할 수도 있겠다), 한두 장으로 끝나는 아름다운 사랑이야기를 지어보라. 그것도 훌륭한 글이 될 수 있다.

가족도 사랑도 싫다고? 그럼 모험은 어떤가? 미지의 세계를 찾아 나서는 모험가인 당신을 그려보라. 집에 있는 걸 더 좋아한다고? 그럼 명상에 대한 창의적인 아이디어를 생각해보는 것도 좋겠다. 어린 시절의 기억, 고향에 대한 추억, 친구들에 대한 향수도 좋다. 여름밤 할머니에게 귀신 이야기를 들으며 공포에 떨었던 경험, 걸어서 오가던 학교, 재래식 화장실에 얽힌 일화, 학교마다 있던 괴담, 호수나 저수지에 빠져 죽은 이에 대한 이야기 등등. 쓸거리는 차고 넘친다.

'그때로 되돌아간다면, 나는 이러이러했을 텐데…'라는 가정 아래 글을 써보는 것도 좋다. '만약 램프의 요정이 딱 한 가지의 소원을 들어준다면'도 좋은 제목이다. '죽은 위인들 중 단 한 사람만 만날 수 있다면 누굴 만나겠는가?'라는 주제도 새롭다.

다시 태어난다면 다음 중 어떤 사람이 되고 싶은가?
1) 재산 1조 원의 재벌
2) 수많은 팬을 거느린 가수
3) 민족을 구한 영웅
4) 현재의 나

이런 소재도 나쁘지 않다. 앞의 문제에 4번이라고 대답할 수 있다면, 당신은 매우 자신감 넘치는 사람임에 틀림없다. 현재의 당신에 대해 글을 써보도록. 좀 더 객관적으로 자신을 평가할 수 있을 것이다. (다 쓰고 나서도 여전히 4번이라 대답하리라는 보장은 없다.)

그래도 이 모든 게 시시하고 유치하게 느껴지는가? 나탈리 골드버그Natalie Goldberg의 《글쓰며 사는 삶》에는 글감을 찾는 다양한 방법이 나온다. 그중 이런 말이 있다. 이 말을 듣고 반성 좀 하시길.

주저하지 말고 나무에 키스를 해보라. 현관으로 똑바로 걸어 나가 매일 지나치는 인도 옆의 나무를 팔로 감싸고 입술을 오므린 다음 쪽

하고 입을 맞추는 것이다. 눈을 감고 초콜릿이나 딸기, 아몬드 같은 것을 입안에 넣어보라. 그것을 혀로 느끼면서 공상을 해보라.

자, 이제 글을 써내려가라. 쓰고 싶은 것이면 무엇이든 좋다. 나무에 키스를 하는 일이 유치하다고? 유치하지 않은 게 뭐가 있는가? 글쓰기는 가장 유치한 일이다. 그런 유치함을 잃지 않고 글을 쓸 수 있을 때 당신은 이 길을 오랫동안 걸을 수 있다.

하찮은 것일수록 글이 된다

영국에 사는 닐 부어맨이란 친구가 있다. 이벤트 프로모터이자 작가인(백수라고 쉽게 말하면 될 걸, 그 자식 참…) 닐은 초등학교에 들어가자마자 브랜드에 눈뜨게 된다. 그는 자신이 초등학교에 입학하고 겪은 일을 다음과 같이 이야기한다.

…별 탈 없이 그 아이들과 어울릴 수 있을 것 같았지만, 한 아이가 내 운동화를 눈여겨보면서 상황이 변하기 시작했다. 나는 그 이전까지 운동화 같은 것에 별로 신경을 쓰지 않았었다. 내 파란색 운동화는 어머니가 그저 집 뒷마당에서 편하게 신고 놀라고 사주신 것이었다. 그 아이들이 갑자기 큰 소리로 내 운동화를 비웃는 말들을 하기 시작

했다.

"야, 무슨 운동화가 그러냐? 어디 재활용 물품 상점에서 산 거 아니야?"

내가 어쩔 줄 몰라 쩔쩔매며 그 애들이 신고 있는 운동화를 보니 운동화 양쪽 옆으로 내 운동화에는 없는 꺾자 모양이나 줄무늬 같은 것들로 장식되어 있었다. 축구 중계방송에서 보았던 유명 축구 선수들의 축구화를 장식하고 있던 바로 그 무늬였다. 그런데 가만히 보니 그 아이들의 운동화만 그런 게 아니었다. 그 아이들이 입고 있는 티셔츠들을 보니까 앞가슴 쪽에 악어, 독수리, 호랑이 들이 들어앉아 있었다. 좀 더 자세히 살펴보니 그 아이들이 들고 있는 가방 옆구리에는 하나같이 펄쩍 뛰는 은빛 퓨마가 장식되어 있었다. 창피스럽기도 하고 혼란스럽기도 한 나는 슬그머니 그 자리를 떴다.

    - 닐 부어맨,《나는 왜 루이비통을 불태웠는가?》중에서

하, 요 맹랑한 영국 초등생들을 보라. 걔들은 조숙한가 보다. 우리들은 중학교에 들어가서야 나이키 운동화를 신은 친구를 보고 최초로 브랜드 제품에 눈을 떴는데. 하다못해 흰 운동화에 매직으로 나이키 상표라도 그려넣어야 직성이 풀리곤 하지 않았나. 브랜드 신발을 사지 못하는 아이들은 '나이키Nike'가 아닌 '나이스Nice'를 신고 다녔다(프로스펙스 아닌 프로스포츠는 어떻고).

일찌감치 물질만능주의에 물든 친구들 사이에서 치욕을 당한 닐

부어맨은 이날 이후 깨달았다. 브랜드 제품(우리말로 메이커 제품)을 신고 입어야만 또래의 좀 사는 아이들과 어울릴 수 있다는 것을. 청소년기를 지나면서 그의 생각은 굳어졌고 성인이 되고 나서도 그의 신념은 변하지 않았다. 어떤 휴대폰을 쓰는지로 다른 사람을 평가하고, 어떤 신발을 신는지를 보고 상대의 출신을 짐작하고, 어떤 가방을 드는가로 여성의 교우관계를 알아맞혔다. 그 역시 블랙베리 휴대폰에 아디다스 신발을 신고 루이비통이나 구찌 가방을 즐겨 들었다.

그러던 어느 날, 그는 브랜드는 브랜드일 뿐이라는 것을 깨닫는 일을 겪는다. 젊은이들을 위한 잡지를 만들던 닐 부어맨은, 자신이 평소에 청년 문화의 상징이라고 여기던 아디다스로부터 협찬 제의를 받는다. 닐은 머리끝부터 발끝까지 아디다스로 무장하고 마치 "영국 왕실이라도 방문하는 듯한 떨림과 설렘을 갖고" 아디다스 본사를 방문한다. 그들과 회의를 하면서 닐은 느낀다. 아디다스를 만드는 사람들은 창조적인 청년 문화 따위에는 눈곱만큼도 관심이 없고 협찬이나 홍보를 통한 브랜드 이미지 확장에만 관심이 있다는 것을. 닐 부어맨은 이때 처음으로 아디다스에 대한 생각을 '반항과 청춘의 심볼'에서 '그래 봤자 운동화 짝에 불과한 것'으로 바꾼다.

이후 그는 브랜드 혹은 명품들에 대한 사람들의 착각과 오해, 과도한 기대에 주목하게 된다. 그리고 결국 명품에 대한 집착은 건전하고 조화로운 인간성과 반비례한다는 것을 알게 된다. 2006년 9

월 17일, 그는 그동안 자신이 가지고 있던 모든 브랜드 제품들을 런던 도심의 광장에 모아놓고 휘발유를 붓고서 불을 지른다. 그중에는 라프 시몬스 실크 재킷, 비비안 웨스트우드 정장, 새빌로우의 셔츠, 샤프 LCD TV와 소니 DVD 플레이어도 있었다(어휴, 비비안 웨스트우드 정장은 날 주지…).

닐 부어맨은 이날 트럭에서 샤프 TV를 마구 끌어내리는 친구에게 소리친다. "살살 다뤄!" 친구는 대답한다. "곧 불태울 건데 왜 그래야 돼?" 닐은 '아차' 싶었다. 마지막 순간까지도 닐은 명품을 신주단지 모시듯 했던 평소 버릇을 버리지 못했던 거다.

이날 닐의 화형식은 전 세계 언론에 토픽으로 생중계됐다. 닐은 이후 다섯 달 동안 자신의 일상을 블로그에 기록한다. 그 과정은 한마디로 중독증 환자의 모습이었다. 명품 사용을 끊자 그는 손이 떨리고 식은땀이 났다. 백화점 근처를 지나면 바로 들어가서 쇼핑백 가득 물건을 사고 카드로 긁고 싶은 마음을 참느라 애를 먹어야 했다. 홈쇼핑 프로를 보면 지르지 못해 안달을 했다. 멋진 신상을 걸치고 나온 친구를 보면 자신도 당장 하나 사야할 것 같아 안절부절못했다. 그럴 때마다 허벅지를 바늘로 찌르며 참아온 그는 마침내 명품 중독에서 벗어났다. 150일째 일기에 닐 부어맨은 이렇게 적었다.

사람들은 종종 내게 브랜드 제품을 소비하는 생활로 복귀할 생각이 없느냐고 묻곤 한다. 당분간, 그에 대한 나의 대답은 '아니오'이다. 경우에 따라서는 스스로에게 관대해질지도 모른다. 쇼핑의 쾌감과 명품 소유에서 오는 만족감이 그립기도 하다. 그럼에도 브랜드 제품에 대한 나의 반감이 상쇄되지는 않을 것이다. 나는 이제 브랜드 제품에 의지하지 않고도 나의 두발로 꿋꿋이 설 수 있으며, 무언가를 소유함으로써 나 자신의 가치를 입증하려 들지도 않게 되었다. 비로소 나는 소비주의와 물질주의가 판치는 세상으로부터 구원받은 것이다….

나는 IBM도 아니고 Mac도 아니다. 나는 단지 내 자신일 뿐이다.

- 닐 부어맨, 《나는 왜 루이비통을 불태웠는가?》 중에서

닐 부어맨은 이러한 자신의 명품 중독 탈출기를 글로 썼고 마침내 책으로 출간했다. 이런 것도 글이다. 글을 쓰면서 닐은 중독을 벗어났으며, 아픔을 잊을 수 있었고, 자신을 찾았다. 쓴다는 행위는, 남들이 '그 따위 소재가 무슨 글이 되겠어?'라고 말할 때 비로소 의미가 생긴다. 아무도 신경 쓰지 않는 아이템, 다른 이들은 지나치고 마는 어떤 것, 세상 사람들은 하찮다고 여기는 재료가 바로 당신의 글감이다.

사진작가 윤광준은 자신이 쓰는 카메라 삼각대, 포스트 잇, 의자, 주전자, 서류가방 같은 것에 대한 글을 써서 《윤광준의 생활명품》이란 책으로 냈다. 재미있고 유익해서 스테디셀러가 됐다(나도 이 책을 읽고 윤광준 작가가 소개한 모리스엔진 오일을 내 차에 넣기 시작했다. 이 엔진 오일

홈페이지에 가면 메인 화면에 이런 문구가 뜬다. '윤광준의 생활명품에 소개된 오일!' 이 오일, 죽인다). 당장 당신이 갖고 있는 소소한 물건에 대해 한 편의 글을 써보라. 예를 들면 다음과 같은 것들 말이다.

- 파커 51 만년필
- GT 미니벨로 자전거
- 15년째 쓰고 있는 안경
- 손톱 깎기
- 아이 돌 때 들어온 금반지들
- 비비 크림
- 지갑과 신용 카드

무엇이든 연습은 필요하다

골프를 예로 들어보자. 골프를 즐기려면 네 명이 한 팀을 만들어 필드로 나가야 한다. 최소한 100타 전후는 쳐줘야 골프라는 운동에 참여할 수 있다. 그 정도 실력도 안되면 함께 하는 팀원들에게 민폐가 된다. 글쓰기도 마찬가지다. 최소한의 기술적 측면들을 익혀놔야 즐길 수 있다. 기본 사항을 무시하고 즐거움부터 얻을 수는 없다. 물에 뜨지도 못하는데 수영을 즐길 수는 없는 법 아닌가.

글쓰기를 즐기기 위해 알아야 할 기본 원칙들은 무엇일까? 코넬대학교 영문과에서 46년 동안 학생들을 가르친 윌리엄 스트렁크 William Strunk, Jr. 교수가 쓴 《영어 글쓰기의 기본》이라는 핸드북이 있다. 학생들을 가르치기 위해 자비로 출판한 이 책은 미국에서 천만

부 넘게 팔리면서 베스트셀러가 됐다. 스티븐 킹 같은 작가도 영어 글쓰기를 위한 모델 북으로 추천하는 이 책의 첫 부분에는 이런 규칙이 나온다.

　　＊ 영어 글쓰기의 기본 규칙들

　　규칙 1. 단수 명사의 소유격은 아포스트로피apostrophe + s
　　　　예) Chales's friend(찰스의 친구)

　　규칙 2. 접속사 하나가 셋 이상의 말을 연결할 때, 마지막 말을 제외하고 매번 콤마를 찍는다.
　　　　예) red, white, and blue

　　규칙 3. 삽입된 구나 절은 앞뒤에 콤마를 찍는다.

　이 책에 실린 규칙은 모두 열여덟 개에 불과하다. 그런데 처음부터 8번 규칙까지는 콤마 사용 같은 구두점과 문장 부호, 줄바꾸기에 대한 것이다. 이게 기본이다. 하지만 짧은 시간 안에 OECD 국가가 된 대한민국 국민의 특성 중 하나는 이런 거다. '기본적인 것들은 일단 무시하고 본다.'
　좋은 글과 그렇지 않은 글의 차이는 기본적인 것에서 나온다. 생각해보라. 글을 쓰면서 문장 부호 따위(!)에 신경을 써본 적이 있는 지. 윌리엄 스트렁크 교수가 제시한 영어 글쓰기의 기본 규칙 열여 덟 개 중 다섯 개는 콤마 사용에 대한 것이다. 나머지 규칙 중 한글 을 쓰는 사람에게도 적용할 수 있는 것들은 다음과 같다.

- 문장의 생명은 간결함이다. 불필요한 단어는 생략하라.
- 작문의 단위는 단락이다. 한 단락에 하나의 화제만을 다뤄라.
- 수동태보다는 능동태를 이용하라.

만약 여러분이 문장 부호를 제대로 쓰고, 위에 쓴 세 가지 법칙만 지킬 수 있다면 글쓰기는 완성된다. 저 중에 단 하나의 황금률을 고르라면 난 당연히 '간결하게 써라'를 택하겠다. 가장 아름다운 패 션 중 하나는 아무것도 입지 않은 것이다. 가장 아름다운 얼굴 중 하나는 민낯이다. 가장 진실한 사랑 중 하나는 아무것도 바라지 않는 것이다. (그러므로 제일 좋은 건 사랑하는 사람끼리 민낯인 채 아무것도 입지 않 고 만나는 것이다. 잘 나가다 왜 이러지?)

글도 마찬가지다. 가장 좋은 글은 최소한만 표현한 것이다. 그런 의미에서 '그래서'나 '따라서', '그러므로', '그런데' 같은 접속 부사 역시 자주 쓰지 않는 게 좋다. 더불어 작은따옴표(')나 큰따옴표(") 같은 부호도 과도하게 쓰는건 좋지 않다. 이런 원칙은 쓰면서 지키 고, 수정하면서 되새겨야 한다.

두 번째, 작문의 단위는 단락이며 한 단락에 하나의 화제만을 다루라는 원칙도 매우 중요하다. 우리가 자주 듣지만 전혀 기억나지 않는 말들 중에 대표적인 것 두 가지가 교장 선생님 훈화와 결혼식 주례사다. 왜 그럴까? 할 말 많은 교장 선생님과 주례 선생님이 꼭 이렇게 말하기 때문이다.

"첫째로 어쩌고저쩌고… 둘째로 어쩌고저쩌고… 셋째로 어쩌고저쩌고 해야 합니다. 그리고 한 가지 더 말씀드리자면 어쩌고저쩌고…. 더불어 중요한 것… 그리하여 앞으로는…, 또한 강조하자면…. 마지막에서 두 번째로… 이제 마지막으로…. 진짜 놓쳐서는 안 되는 이 말씀은 꼭 드려야 하는데 뭐냐면… 정말 마지막으로 … 입니다."

이러니 기억을 할 수가 있나. 차라리 교장 선생님이 연단에 올라와서 "오늘은 딱 하나만 말씀드리겠습니다. 오늘은 오전 수업만 하니 오후엔 집에 가서 실컷 놀아요!"라고 했다면 평생 기억했을 거다. 주례 선생님이 "두 사람한테 딱 한마디만 하겠어요. 잘 먹고 잘 살아요!"라고 말했다면 모든 하객이 인상적이라고 했을 거다.

글이 시작해서 끝나는 한 뭉치의 단위를 흔히 한 꼭지라고 한다. 한 꼭지 안에서는 하나의 화제만 다뤄야 한다. 이 얘기하다 저 얘기하다 하면 안 된다. 그것만 기억하도록.

세 번째, 수동태보다 능동태를 이용하라는 원칙(하나만 말하라면서 필자는 세 번째를 들먹인다. 글쓰기는 이렇게 늘 모순으로 가득 차 있다). 이것도 아주 중요하다. 원래 우리말은 수동태보다 능동태가 더 잘 어울리는 구조다. 영어를 우리말로 번역하면서 수동태를 많이 쓰게 됐고 그에 익숙해졌는데 능동태를 쓰는 게 훨씬 자연스럽다.

예를 들어 'Beer is made from barley'를 우리말로 고치라면 대부분 '맥주는 보리로 만들어진다'고 한다. 이럴 때는 그냥 '맥주는 보리로 만든다'고 하면 된다. '나는 훌륭한 선생님들한테 교육받았다'는 문장은 '나는 훌륭한 선생님들에게 배웠다'고 하면 그만이다. '그 건물 꼭대기 층에서는 시내의 끝까지 관찰되었다' 같은 문장도 수동태 과잉이다. '그 건물 꼭대기에 올라가면 시내의 끝까지 보였다'고 하면 된다(이 부분에 대해서는 이희재가 쓴 《번역의 탄생》이란 책을 참조할 것).

수강생들에게 위와 같은 원칙들을 이야기하면, "우린 글쓰기의 전략을 배우러 왔다"며 좀 더 차원 높은 테크닉을 가르쳐달라는 경우도 있다. 그럴 때마다 내가 늘 하는 이야기가 있다. 2002년 월드컵을 앞두고 우리나라에서 히딩크 감독을 영입했다. 초창기에 히딩크는 전술이나 전략은 안 가르치고 만날 패스만 시켰다. 누군가 히딩크에게 항변했다.

"여보쇼. 우리가 비싼 돈 주고 당신을 데려온 목적은 전략을 가르치라는 거였소. 겨우 패스 가르치라고 영입한 줄 아쇼?"

이때 히딩크가 그랬다지?

"패스가 돼야 전략을 짜지 않겠소!"

글쓰기도 마찬가지다. 패스가 되어야 세트 플레이가 가능하다.

글쓰기에서 패스는 앞서 말한 기본 원칙들이다.

책으로 배우는 글쓰기

글쓰기 세계에도 참고서가 있다. 그런데 몇몇 글쓰기 책을 통독하고 심지어 글쓰기에 대한 책을 쓴 필자는 스스로에게 묻는다. 글쓰기 책을 본다고 글쓰기 실력이 늘까?

이 질문에 대답하기 전에 먼저 여러분에게 묻겠다. 피아노 책을 열심히 본다고 피아노 연주 실력이 늘까? 대답은 분명 "No"다. 피아노 실력은 오로지 피아노를 칠 때 는다. 글쓰기도 마찬가지다. 글쓰기 실력이란 글을 쓸 때 비로소 늘어난다. 다만 무턱대고 글을 쓸 수는 없기에 실력 향상을 위해, 혹은 글쓰기를 즐기기 위해 책의 도움을 받을 뿐이다.

물론 글쓰기와 피아노를 치는 것은 다르다. 글쓰기는 문자의 조합이다. 무용하는 사람이 몸으로 세계를 받아들이고, 음악을 하는 사람이 음으로 세상을 해석하듯 글을 쓰는 사람은 글로 사물을 인식한다. 《도쿄 미술관 예술산책》이란 책을 쓰기 위해 미술을 전공한 이경국 화백과 도쿄 취재를 간 적이 있다. 글씨와 그림이 같이 있는 안내문이나 표지판을 봤을 때, 나는 글로 된 부분을 더 많이 기억했는데 이화백은 그림으로 된 부분을 더 많이 기억했다. 나는 텍스트로 세계를 이해하는 데 익숙했고, 이화백은 이미지로 세상을 해석하는 데 익숙했기 때문이다. 글쓰기를 잘하기 위해서는 역시 글로 이루어진 문헌들을 참고해야 한다.

성인이 되어서 글쓰기를 다시 배우는 사람들이 꼭 하는 질문이 있다.

"글쓰기를 잘 하기 위해 딱 한 권의 책만 봐야 한다면 어떤 책이 좋을까요?"

나는 이렇게 대답한다.

"그런 책은 없습니다."

사실 이 질문은 잘못된 것이다. 누가 나에게 이렇게 물었다 치자.

"잘 살기 위해 딱 한 번만 숨을 쉬어야 한다면 어떤 공기를 들이마셔야 하나요?"

이런 질문에 대해 "산소를 마시면 됩니다."라든가 "산소와 질소가 1대 4 정도로 섞여 있는 공기가 적당합니다"라고 대답할 사람이 있을까? 공기를 들이마실 때 우리는 산소와 질소를 분리해서 호흡하지 못한다. 더구나 딱 한 번만 숨을 쉬면 우린 죽는다. 질문 자체가 잘못된 셈이다.

글쓰기도 마찬가지다. 세상에 '딱 한 권만 읽어도 되는' 그런 책은 없다. 단언컨대 어떤 책도 그것 하나만 읽으면 큰일 난다. 한 권만 읽고 다른 책은 영영 읽지 않으면 우리 정신은 죽는다. 딱 한 권도 안 되는데 세 권, 열 권은 될까? 그것도 안 되긴 마찬가지다. 그렇다고 글쓰기에 관련된 세상의 모든 책을 읽으라고 할 수도 없다. 방법이 없을까?

여기에 필자가 읽은 글쓰기 관련 책 중 주목할 만한 일곱 권에 대해 되도록 정직하고 직설적으로 평가하겠다. 부디 독자 여러분이 서점에 가서 아래의 책을 직접 들춰보고 선택하길 바란다.

1. 아리스토텔레스, 《시학》

사실 이야기를 만드는 방법에 대해서는 이미 2400년 전 아리스토텔레스가 다 써놓았다. 이 천재는 자기 이후에 태어날 작가들이 힘들여 글 잘 쓰는 방법에 대해 연구하지 않아도 되게 '어떻게 하면 좋은 이야기를 만들 수 있나'에 대한 진리를 밝혀놓았다.

아리스토텔레스는 정치학, 문학, 심리학, 자연과학, 윤리학, 철학 등 거의 모든 학문에 대해 방대한 저서를 남겼다. 그의 스승인 플라톤과 더불어 세상의 지식 전부에 대해 써버려서 그들 이후의 저자들은 숟가락만 빨도록 만들었다. 속된 말로 두 양반이 '다 해 먹었

다.'

그럼 아리스토텔레스가 《시학》에서 밝힌 가장 중요한 글쓰기 원칙은 무엇일까? 다음과 같다.

"글을 쓸 때는 시작과 중간과 끝을 잘 써라."

사기라고? 직접 읽고 판단하도록.

2. 윌리엄 진서, 《글쓰기 생각쓰기》

윌리엄 진서William Zinsser의 책은 지난 30년 동안 미국 저널리스트들의 필독서였다. 오랫동안 신문기자로 활동했고, 대학에서 글쓰기를 가르치기도 했던 그는 이 책에 금과옥조 같은 말들을 펼쳐놓는다.

"글쓰기 실력은 필요 없는 것을 얼마나 많이 걷어낼 수 있느냐에 비례한다."

"어깨에 힘이 들어가면 독자들이 금방 알아차리게 마련이다. 독자들은 진실한 목소리를 듣고 싶어한다."

"자기 자신과 자신의 생각을 믿자. 글쓰기는 자아의 행위다."

"글은 무엇보다 스스로의 즐거움을 위해 쓰는 것이다."

"글쓰기를 배우는 유일한 방법은 강제로 일정한 양을 정기적으로 쓰는 것이다."

와우, 위의 말들만 가슴에 새겨도 글쓰기는 완성된다. 문제는 실천이다!

3. 이희재, 《번역의 탄생》

글쓰기 수업에 어느 정도 익숙한 사람들의 필독서다. 이 책을 세 번만 정독하라. 그럼 당신의 글쓰기는 몰라보게 달라진다. 우리가 그동안 써왔던 글들이 외국어, 특히 영어를 한국어로 번역하는 과정에서 만들어진 부자연스러운 글들이었다는 사실을 알게 해준다.

20년 동안 번역을 해온 이희재 작가는 어떻게 써야 가장 자연스러운 우리말에 가까운지를 조목조목 설명해놓았다.

몇 해 전, 이 책을 읽고 나는 얼굴이 화끈 달아올랐다. 그동안 내가 썼던 글들이 죄다 번역 투였던 것이다. 문법적으로는 하자가 없지만 어딘지 부자연스러운 글들을 잔뜩 써놓고도 나는 어디가 어떻게 잘못됐는지 몰랐었다. 이 책을 읽고 나서 내 글은 훨씬 좋아졌다.

당신의 글쓰기 실력 향상을 위해 '강추'한다.

4. 박기용, 《글쓰기 이론과 실제 : 초등 교사를 위한》

책 제목대로 초등학교 선생님들을 위한 글쓰기 책이다. 400쪽에 가까운 책의 두께나 딱딱해 보이는 겉모습을 보고 겁먹지 말자. 이 책의 여덟 장 중에서 1장 '글쓰기란 무엇인가', 3장 '글쓰기, 어떻게 할까', 4장 '바른 글을 쓰려면'만 읽으면 된다. 글쓰기에 대한 기본적 개념들과 구체적 예시들이 가득하다. 이를테면, 우리는 종종 어떤 글의 추천평에서 "거대한 서사 구조가 살아 있는 소설" 같은 말을 듣는다. 그런데 도대체 '서사'가 뭐란 말인가? 이 책에 이런 설명이 있다.

> 서사敍事, description는 일정한 기간 또는 정해진 시간 안에서 일어나는 사건이나 행동의 변화를 전개 과정대로 기록하는 방식이다. (…) 서사는 인물과 사건을 가진 이야기를 보여주는 것이다. 서사에서 시간은 반드시 순차적으로 진행되지 않고, 사건 전개의 완결성을 위한 시간으로 재편되고 있다.

이 책 4장의 첫 부분 '좋은 문장과 비문'은 올바른 글을 쓰려는 사람이라면 반드시 한 번은 읽어봐야 한다. 비문非文에 대해선 다음 '글쓰기를 위한 최소한의 상식(88쪽)'을 참고하자.

5. 이만교, 《나를 바꾸는 글쓰기 공작소》

글쓰기에 대한 참고서라기보단 고품격 에세이에 가깝다. 〈결혼은, 미친 짓이다〉로 문학상을 수상한 소설가답게 이만교는 재치와 입담을 과시한다. 술술 잘 읽힌다. 글을 쓰려는 사람들의 허위의식에 대해 날카롭게 메스를 대는데 나 역시도 읽으며 여러 번 찔렸다. 처음에 많이 맞아야 맷집 좋은 권투 선수가 될 수 있듯이, 저자의 꾸중과 비난을 참고 견디며 읽어가다 보면 보석 같은 깨달음 몇 캐럿을 건지게 된다.

6. 제이슨 르쿨락, 《아이디어 블록》

글을 쓰다 막힐 때 들춰 보는 요긴한 참고서다. 한 손에 들어오는 크기의 귀여운 양장본이다. 미국의 편집자인 제이슨 르쿨락Jason Rekulak은 이 책에서 영미권 작가들의 집필 방법과 슬럼프 극복 방법을 소개하고 있다. 다양한 주제에 대한 글쓰기 과제를 제시하고, 몇몇 기발한 단어에 대해 글을 써볼 것을 권장한다.

'어느 날 아침 당신이 다른 사람의 몸을 빌어서 깨어났다고 상상해보라. 누가 되어 깨어나고 싶은가? 당신이 제일 먼저 하고 싶은 일은 무엇인가? 당신의 삶은 어떻게 바뀔 것 같은가?'

위의 주제에 대해 글을 써보는 것도 좋겠다.

7. 로저 로젠블랫, 《하버드대 까칠교수님의 글쓰기 수업》

40년 동안 하버드 대학에서 글쓰기 수업을 해온 로저 로젠블랫Roger Rosenblatt이 자신의 수업에 대해 소설처럼 쓴 책이다. 한 편의 코미디처럼 낄낄거리며 읽다 보면 저절로 글쓰기에 대해 공부가 된다.

로젠블랫 교수에게 수업을 받는 사람들은 다양한 직업에 종사하면서도 글쓰기에 대한 꿈을 버리지 않았다. 이들을 상대로 저자는 때로는 웃기게, 때로는 심각하게 강의하며 글쓰기의 오의奧義를 깨닫게 만든다.

강의의 대부분이 질문이며, 학생들은 저마다의 생각을 자유롭게 풀어놓는다. 영문학의 과거와 현재를 오가며 방대한 사례로 우리의 지식을 채워주는 노교수의 명강의가 이 책 한 권에 녹아 있다.
로저 로젠블랫은 마지막 날 작가 지망생들에게 이렇게 말한다.

"나를 비롯한 어떤 글쓰기 교사라도, 모든 작가에게 도움이 되는 무
슨 비결이 있다고는 아무도 말하지 못합니다. 작가는 그 비결을 생각
해내거나 발굴하려고 애를 쓰지만 말입니다….

위대한 작가들의 영혼이 위대한 것은, 그들의 펜이 종이에 닿기 전
에 자신의 영혼을 해부할 용기와 의식이 있었기 때문입니다. 바로 그
렇게 하십시오."

여러분도 스스로의 영혼을 해부할 용기와 의식이 있는가?

글쓰기를 위한 최소한의 상식

글쓰기에서 가장 중요하게 지켜야 할 것은 '주主-술述 호응'이다. 주-술 호응이란 주어와 서술어가 서로 어울린다는 뜻이다. 주어, 서술어란 단어만 들어도 경기를 일으키는 사람이 있다. 워워, 진정하시고. 주어, 서술어란 말은 수학의 방정식, 부호 정도 되는 말이다. 너무 겁먹지 말자.

주-술 호응이 되지 않으면 비문이다. 비문非文, 즉 문장이 아니란 말이다. 주어와 술어의 호응(또는 주어 술어 일치라고도 한다)은 문장이 되는 글을 쓰기 위한 최소한의 규정이다. 글쓰기 수강생 중에 박사 학위를 따고도 주-술 호응을 몰라서 비문을 쓰는 경우를 종종 봤다.

주어와 서술어의 호응이란 무엇일까? 주어는 주제어라고도 한다. 우리말은 영어에 비해 문장의 구성 성분을 한두 개 쯤 생략해도 뜻이 통하게 되어 있다. 예를 들어보자.

I am very busy today.

여기서 주어는 I다. 이 문장을 우리말로 바꾸면 이렇게 말할 수 있다.

오늘은 바빠.

여기서 주어는 문장에는 빠져 있는 '나'다. '나는 오늘 바쁘다'는 말을 우리는 '오늘은 바빠'라고 말하기도 한다. 이럴 때 '오늘은'이 주어를 대신하는 주제어가 된다.

주제어主題語란 그 문장이 서술하는 중심 어휘를 이르는 말이다. 문장은 주어를 서술하는 경우가 대부분이지만, 때로는 주제어를 설정하여 그것을 서술하는 경우가 있다. "오늘은 날씨가 매우 화창하다"에서 '오늘은', "일은 젊어서 해야 해"에서 '일은', "운동장에는 아직 눈이 쌓여 있다"에서 '운동장에는'이 주제어다. 주제어는 주어 노릇도 하고, 목적어 노릇도 하며, 부사어 노릇도 한다. '오늘은'은 주어 노릇을, '일은'은 목적어 노릇을, '운동장에는'은 부사어 노릇을 한다.
  - 남영신,《나의 한국어 바로쓰기 노트》중에서

주제어는 그냥 주어라고 생각해도 된다. 다음, 주제어와 서술어에 대해서는 다음을 암기(!)하라.

"하나의 주제어에는 하나의 서술어가 호응한다."

이 명제는 글쓰기의 기본 중의 기본이다. 공식이라고 생각하라. 주-술 관계의 불일치는 우리 모두가 합의한 국문법의 가장 기본적인 규칙을 위반하는 것이나 마찬가지다. 이런 건 배워본 적이 없다고? 현재 초등학교 5학년 읽기 교육의 목표 중 하나는 '글을 구성하는 부분(주어, 서술어, 목적어)을 파악한다'다. 나나 독자 여러분도 초, 중, 고등학교를 거치면서 문장을 제대로 쓰는 법에 대해 다 배웠다. 교육과정이 바뀌었다고 우기지 마라(차라리 초등학교가 좋은 데가 아니었다고 하라). 하여간 초딩 때 제대로 배워야 평생 고생하지 않는다.

앞에서 비문은 문장이 아니라고 했다. 문장이 아닌 글이 있을까? 있다. 다음을 보자.

친구의 조건은 오랜 세월 공유한 세월이 많아 표정만 보고도 속내를 읽어내는 염화시중의 미소가 통하는 친구여야 진정한 친구입니다.
　- 2008년 모 라디오 방송 대본

이런 건 문장이 아니다. 비문이라고 한다. 자, 일단 이 문장을 소

리 내서 읽어보라. 어딘가 어색하지 않나(소리 내서 읽었을 때 이상하면 잘못
된 문장일 가능성이 크다)

위의 주제어는 '친구의 조건은'이고 서술어는 '진정한 친구입니
다'다. 글쓴이는 앞에 '친구의 조건은'이란 주제어를 써놓고 '진정한
친구입니다'라는 서술어로 문장을 끝내고 있다. 앞에 이미 주제어
를 제시했다는 것을 잊었기 때문이다.

언어학자들에 의하면, 우리들은 문장을 길게 쓰면 쓸수록 앞에
써놓은 말을 더 쉽게 잊는다. 일반인들의 언어적 뇌에는 세 줄, 네
줄 이상의 글을 전체적으로 파악하는 능력이 부족하다는 것이다.
문장이 길어질수록 글쓴이의 뇌는 피곤해진다. 독자의 뇌도 마찬
가지다. 그래서 긴 글일수록 '가독성'이 떨어지게 된다.

위 글의 주제어와 서술어를 연결하면 다음과 같다.

친구의 조건은/ 진정한 친구입니다.

이게 말이 되나? 말이 안 된다. 그래서 비문이다. 앞의 문장을 고
쳐보자.

1) 친구의 조건은 뭘까요? 오랜 세월 공유한 세월이 많아 표정만 보
고도 속내를 읽어내는 것 아닐까요? 염화시중의 미소가 통하는
친구여야 진정한 친구입니다.

이렇게 고쳐놓고 봐도 썩 맘에 들지 않는다. 아예 앞의 '친구의 조건은~'을 빼버리자.

2) 오랜 세월 공유한 세월이 많아 표정만 보고도 속내를 읽어내는, 염화시중의 미소가 통하는 친구여야 진정한 친구입니다.

이것도 불만이다. '오랜 세월 공유한 세월이 많아'는 같은 뜻이다. 하나만 쓰면 된다. '표정만 보고도 속내를 읽어내는 것'과 '염화시중의 미소가 통하는' 역시 동어 반복이다. 다음과 같이 써보자.

3) 진정한 친구는 공유한 세월이 많아 표정만 보고도 속내를 읽어냅니다.

너무 간단하다고? 예로 든 문장이 너무 긴 것뿐이다. 문장을 늘인다고 다 좋은 게 아니다.

2006년 한 라디오 방송 캠페인에 이런 게 있었다.

제 소원은 우리 아이가 언제나 지금처럼 행복하기를 기원하는 것입니다.

엄마가 아이의 행복을 빈다는 가족사랑 캠페인이었다. 그러나 이 문장은 잘못된 것이다. 이 문장의 주제어는 '제 소원은'이다. 그리고 서술어는 '기원하는 것입니다'다. 그렇다면 어머니의 소원은 '아이가 행복하기'가 아니라, '아이가 행복하기를 기원하는 것'이 된다. 교회나 절에 가서 기도하는 것이 어머니의 소원이 되어버린다. 이미 아이의 행복 자체와는 상관이 없어진다. 게다가 앞의 소원이라는 단어 안에 이미 '기원한다'는 의미가 들어 있다. 이 문장은 이렇게 고쳐야 한다.

제 소원은 우리 아이가 언제나 지금처럼 행복하게 지내는 것(사는 것)입니다.

또는 "저는 우리 아이가 언제나 지금처럼 행복하기를 기원합니다"고 해도 그만이다. 아이들은 어떨까? 아이들이 쓴 비문을 보자.

무슨 심부름을 했는지 잘 생각이 안 떠오르는데 게으름을 피우지 않고 열심히 했다. 그런데 문제는 어머니가 칭찬을 안 해주었다.
— 김상연(경북 수식초등학교 6학년). 윤태규, 《내가 처음 쓴 일기》에서 재인용

뒤의 문장을 보면, '문제는'이 주제어, '칭찬을 안 해주었다'가 서술어다. 칭찬을 하지 않은 건 엄마인데 문제가 칭찬하지 않은 꼴이 되었다. 이 문장은 '문제는 어머니가 칭찬을 해주지 않았다는 거다'

또는 '어머니가 칭찬을 해주지 않았다는 게 문제다'로 고쳐야 한다.

골치 아픈가? 모든 것이 그렇듯, 기초가 어렵다. 기초가 튼튼해야 그 위에 필력도 다질 수 있고, 창조적인 아이디어도 올려놓을 수 있다. 이 책에서 글쓰기의 기술적 사항을 모두 말할 수는 없다. 다만 누군가 내게 바르게 글을 쓰기 위한 기본 실천 사항을 말하라면 다음 네 가지를 들겠다.

> **바르게 글을 쓰기 위한 기본 실천 사항**
>
> 1. Cut : 문장 자르기-긴 문장 쓰지 말 것.
> 2. Easy : 쉬운 말 쓰기-어려운 어휘, 난해한 수식을 피할 것.
> 3. Read : 소리 내서 읽어 보기-읽을 때 자연스럽지 못한 표현을 지울 것.
> 4. Rewrite : 고쳐 쓰기-잘 썼다고 생각이 들 때도 반드시 다시 써볼 것.

한글을 바르게 쓰기 위한 기본 실천 사항을 영어로 제시하는 나는 누구인가? 아… 역시 바르게 글쓰기는 너무 어렵다.

이것저것 복잡할 땐 베껴 쓰기

이쯤 되면 여러분은 포기할지도 모른다. '글을 재미있게 쓰라고 하더니 글을 쓰려면 연습도 해야 하고, 참고서도 읽어야 하고, 주어와 술어의 호응이라는 문법적 사항도 알아야 한다고? 아예 태권도 검은 띠를 따는 게 더 쉽겠다'고 생각할 거다. 충분히 이해한다. 그러나 모든 의미 있는 향유의 전제는 인내와 훈련이다. 골프든 기타든 등산이든 낚시든 즐기기 위해서는 해당 분야의 기본 테크닉은 어느 정도 마스터해야 한다.

내 친구 종태는 캘러웨이*와 타이틀리스트*를 거쳐 미즈노* 골프

---

* 모두 골프채 브랜드

채에 안착했으나 여전히 100타수 언저리에서 머물고 있다. 프로한테 개인 지도를 받으라고 그렇게 말해도 듣지 않는다. 딱 세 번 강습을 받고는 제멋대로 치고 있다. 폼도 엉망이고(모든 스포츠의 기본은 폼!), 공의 방향이나 세기도 들쑥날쑥하다. 결국 종태는 OB의 늪에서 헤매더니 "아이언이 문제"라면서 새로운 골프채 수집에만 열을 올리고 있다. 곧 골프에 흥미를 잃을 게 뻔하다(이 글을 쓰고 나서 책으로 엮기 위해 수정하기까지 3개월 정도 시간이 있었다. 그 사이 종태가 전화를 했다. "골프를 끊었다"고).

등산은 어떻고? 나는 운동화에 청바지를 입고 그저 산을 올라가면 그만인 줄 알았다. 1999년, 지인의 소개로 코오롱 등산학교라는 곳에 들어갔는데 이런! 등산을 제대로 하기 위해서도 배울 게 많았다. 배낭을 꾸리는 법부터 시작해서 응급처치, 독도법讀圖法, 텐트 치는 법, 암벽 등반을 위한 로프 사용법과 하강 기술까지…. 나는 처음에 침낭을 침낭 주머니에 넣는 법도 몰랐다. 아무리 접어도 동계용 침낭이 주머니 안에 들어가지 않았다. 30분을 고민하고 있는데 강사 한 분이 내게 시범을 보였다.

"침낭은 마구 쑤셔 넣어야 들어갑니다."

그러면서 무자비하게 쑤셔 넣으니 침낭이 침낭 주머니에 들어가더라. 그것도 배우지 않으면 모른다. 이렇게 6주 동안 등산에 대해 배우고 나니, 이전에 하던 등산과는 완전히 달랐다. 산에 대해 더 경외하게 되고 산을 오를 때 더 조심하게 됐다. 무엇보다 등산을 할 때 절대 무리해선 안 된다는 것을 배웠다. 그 때문에 내 생명이 아마도 몇 년은 연장되었으리라고 본다. 이는 배우지 않고는 알 수 없는 것들이다.

글을 잘 쓰기 위해서는 글 쓰는 법을 배워야 한다. 나는 시간과 돈을 들여 배우는 만큼 글 실력이 는다는 데 무조건 한 표를 던진다. 최근 글쓰기 강좌가 많이 늘었다. 인터넷 검색창에 '글쓰기'를 치면 다양한 강사의 수많은 강의 정보가 뜬다. 어느 곳이든 찾아가서 배우길 바란다. 세상에 공짜는 없다.

그럼에도 강의를 듣기에 부담스러운 이들을 위해 혼자서 연습하는 방법도 알려주겠다. 가장 좋은 건 베껴 쓰기다. 여러분이 좋아하는 작품(소설도 좋고 에세이도 좋다) 한 권을 처음부터 끝까지 베껴 써보라. 베껴 쓰기가 글쓰기에 얼마나 도움이 되는지는 여기에서 따로 설명하지 않겠다. 사실 필자는 베껴 쓰기를 신봉해서 《베껴 쓰기로 연습하는 글쓰기 책》이라는 단행본도 낸 적이 있다. 이 책에는 안도현, 신경숙, 이지성을 비롯해 미국의 작가 에든 캐닌, 스티븐 골드베리 등이 "글을 쓰겠다는 사람은 선배 작가들의 글을 베껴 쓰는 과정이 필수"라고 주장하는 대목이 있다. 나는 이 의견에 전적으로 동의한다.

그러나 베껴 쓰기를 했기 때문에 글쓰기 점수가 80점에서 90점대로 올랐다는 통계는 아직 발표되지 않았다. 베껴 쓰기와 글쓰기 실력의 상관관계에 대한 정확한 조사도 실시되지 않았다. 다만 나는 아래와 같은 문장들을 만나면 아직도 가슴이 설렌다. 이런 문장들은 보는 즉시 하얀 종이 위에 옮겨 적지 않으면 달아나버릴 것만 같다. 단지 문체의 아름다움 때문이 아니라, 그 내용의 깊이와 폭 때문이다. 독자 여러분은 아니 그러한가? 두말하지 말고 한 번 베껴 써보시라.

　　인간들은 어떤 지식을 받아들일 때 스스로 검증하는 수고를 상대편이 지닌 권위에 위임하고 만다. 우리의 배움과 지식을 방해하는 요인에는 여러 가지가 있지만 가르치는 사람이 지닌 권위 역시도 배움을 방해한다. 권위에 대한 존중은 생각해야 하는 수고를 덜어주며 배우는 사람을 매우 수동적으로 만들기 때문이다.

　　만약 권위 있는 사람의 가르침이 옳은 것이라 해도 그 가르침을 권위에 입각해 받아들이는 것은 옳지 않다. 지식은 저절로 얻어지는 것이 아니라 거기에 이르는 길을 수고스럽게 걸어갈 때 비로소 얻어지는 것이기 때문이다. 다시 말하면 가르치는 사람이 지식에 이르기까지의 과정을 스스로 다시 재구성해야만 그 지식을 자기의 것으로 만들 수 있다. 뿌리와 줄기 없는 과일은 없다. 누구도 과실만을 가져갈 수는 없다. 나무를 키우는 수고를 해야 한다.

　　　- 조중걸,《아포리즘 철학》중에서

　　이런 문장을 읽고 베껴 쓰고 나서는 한참 동안 철학적 인간이 되어야 옳다. 철학적 인간이란 모든 것에 의문을 제기하는 인간이다. 권의에 의해 주어진 지식을 단지 그 권위 때문에 옳다고 받아들이

지 않는 인간이다. 때문에 역사는 늘 철학적 인간이 제시하는 의문 앞에 겸허했다. 이 의문을 무시하거나 경시한 권위는 결국 역사의 선택에서 제외되었다. 또한 철학적 인간은 '늘, 절대로, 모두' 같은 어휘를 극도로 싫어한다. 철학적 인간은 다음과 같은 단어들을 사랑한다. '왜? 그 대신에, 그럴 수도.'

2010년 가을 어느 날, 하버드 대학 캠퍼스에서 한 사내가 총으로 스스로 목숨을 끊었다. 그의 이름은 미첼 헤스먼Mitchel Heisman(35세), 가족들은 그의 자살을 예상하지 못했고 우울증 증세도 없었다 한다. 수년 간 구체적으로 계획한 것으로 알려진 그의 죽음이 다른 자살 사건과 다른 점이 있다면 그것이 철학적 자살이었다는 점이다. 그는 자신의 자발적 죽음을 정당화하는 철학적 추론을 총 1,900여 장에 달하는 PDF 문서로 남겼다. 이 철학적 유서의 제목은 '자살노트'였다. 자살 전 그는 이 문서가 가족과 친구들에게 이메일로 예약 전송되도록 설정해놓았는데, 이 유서에는 다음과 같은 내용이 적혀 있었다.

"이제 나의 머리를 날려버리기 전에, 나는 이 작업의 가장 근본적인 이슈가 니힐리즘이라는 점을 지적하고 싶다. 궁극적으로 이것은 니힐리즘에 대한 하나의 실험이다. 모든 언어, 모든 생각 및 모든 감정은 하나의 핵심 문제로 귀결된다. 그것은 바로 인생은 무의미하다는 것."
   - 이윤, 《굿바이 카뮈》 중에서

충격적 결말이다. 미첼 헤스먼이 남긴 유서의 마지막 구절을 읽고 나는 한참을 멍하니 있어야 했다. 그런가? 그것 때문에 하버드의 수재는 자살을 해야 했던가? 과연 우리 인생은 무의미한가? 우리 인생이 유의미하다는 수많은 명제는 어떻게 되는 것인가? 무엇이 옳은 것인가? 우리가 우리 인생에 대해 의미 유무를 고찰하는 한, 우리는 살만한 가치가 있는 것이 아닌가?

헤스먼의 명복을 빌며 잠시 내게 편리한 결론을 내본다. 다만, 위의 질문들에 대해서는 더 깊이 생각해봐야 하리라.

나는 다섯 살 때부터 사물의 형태를 스케치하는 데 열중했다.

쉰 살부터 수많은 그림을 그렸지만 내가 일흔 살 이전에 그린 그림 중에 정말로 중요한 그림은 하나도 없다.

일흔세 살이 되어 나는 새, 동물, 곤충, 물고기의 진정한 특성과 초목의 중요한 본질을 약간 파악했다.

여든이 되면 조금 더 나아질 테고 아흔에 사물의 의미를 훨씬 더 깊이 통찰할 것이며 백 살이 되면 참으로 놀라워질 테고, 백열 살 때는 내가 찍는 점 하나하나, 내가 긋는 선 하나하나가 독자적인 생명력을 갖게 될 것이 분명하다.

ㅡ 가츠시카 호쿠사이가 한 말. 에릭 뒤땅, 《50세, 빛나는 삶을 살다》에서 재인용

가츠시카 호쿠사이(1760~1849)는 일본의 민속화인 우키요에의 대

가다. 그가 남긴 '붉은 후지산', '카나가와 해변의 큰 파도'는 일본 근대를 대표하는 회화다. 그의 화풍은 프랑스 인상파인 고흐, 모네 등에게 영향을 끼쳤다. 그는 열정적인 화가로 평생 3만여 점의 그림을 남겼다. 20세에 궁정화가가 되어 30대에 이미 유명해졌고 60세 때는 국보급 화가로 인정받았지만 그는 결코 만족할 줄 몰랐다. 70세 무렵에는 다리(橋) 연구에 몰입해서 비가 오나 눈이 오나 다리를 관찰하곤 했다. 89세까지 산 그는 죽기 전 이런 말을 남겼다. "하늘이 내게 10년만 더 목숨을 부지하게 해준다면 진정한 화공이 되었을 것을…. 나는 그저 그림에 미친 노인네일 뿐이야."

우리 시골집에서는 열 명 남짓한 식구들이 각자 독상을 두 줄로 마주하고 줄줄이 앉아서 먹었습니다. 막내인 나는 물론 맨 끝 자리였지요. 식사하는 방은 어두컴컴했는데, 점심을 먹을 때 십여 명의 식구들이 그저 묵묵히 밥 먹는 모습을 보면 나는 항상 소름이 끼치곤 했습니다. 게다가 옛날 기풍을 따르는 집안이기 때문에 반찬도 대개는 똑같이 정해져 있어서 별미나 비싼 음식은 바랄 수도 없었어요. 나는 점점 더 식사 시간이 두려워졌습니다. 그 어슴푸레한 방 끝자리에 앉아 추위에 바들바들 떠는 듯한 심정으로 밥을 조금씩 입에 떠 넣으면서 인간은 왜 하루에 세 번씩 꼬박꼬박 밥을 먹는 걸까. 정말 다들 엄숙한 얼굴로 먹고 있구나. 이건 일종의 의식 같은 것일지도 모른다. 식구들이 하루에 세 번씩 꼬박꼬박 시간을 정해 어슴푸레한 방에 모여서 밥

상을 순서대로 늘어놓고 먹고 싶지 않아도 말없이 밥을 씹는 것은 집 안에 우글거리는 영혼들에게 고개 숙여 기도하기 위한 것인지도 모른다. 라는 생각까지 들 정도였습니다.

- 다자이 오사무, 양윤옥 역, 《인간실격》 중에서

다자이 오사무(1909~1948)가 남긴 마지막 작품의 일부다. 오사무는 일생동안 네 번이나 자살을 기도한 끝에 1948년 6월 13일 정부情婦인 야마자키 도미에와 강에 뛰어들어 결국 자살로 생을 마감한다. 두 딸과 부인을 남겨 두고.

그가 쓴 자전적 소설 《인간실격》은 "부끄럼 많은 생을 살았습니다."라는 문장으로 시작한다. 술, 담배, 여자, 마약, 그리고 자살. 타락과 회개를 오가는 일상을 묘사한 자기 연민의 중편 소설이다. 전후 일본을 강타한 천만 부 베스트셀러를 쓴 다자이 오사무는 비극적인 인생을 살다 갔지만 그의 문학은 많은 평론가들과 독자들의 인정을 받고 있다. 왠지 우리나라의 김수영 시인을 닮은 그의 사진을 보고 있으면 근원적 외로움과 현대 사회에 대한 권태가 느껴진다.

내 흥미를 끄는 문제는 바로 이것이다. 왜 어떤 미술작품은, 심지어 아주 오래된 작품인데도 계속해서 미술이론이나 작품의 유재, 그 문화적 역사에 대해 아는 것이 그다지 없는 관람자들의 마음을 매혹시키는 것일까? 미술관에서 나는 사람들이 어떤 그림 앞에 못 박힌 듯서 있는 모습을 여러 차례 보았다. 그들 모두가 직업적인 미술 비평가는 아닐 것이다. 디드로, 반 고흐, 프루스트, 보들레르 같은 다양한 작가들의 글을 읽으면서 나는 베르메르, 샤르댕, 고야 같은 화가들에 대한 그들의 감정적 반응이 놀라울 정도로 비슷하다는 사실을 발견했다. 어떤 그림은 많은 관람자들에게서 유사한 감정을 이끌어내는 것이다.

어떤 예술작품 앞에서 내가 느낀 감정에 대한 기억이 다른 종류의 기억보다 더 오래가는 경우가 많다. (…) 이미지에 대한 본능적인 반응들은 필연적으로 의미로 이끄는 길이다. 어떤 그림이 왜 그런 방식으로 우리에게 영향을 미치는지 항상 분명하지는 않다. 하지만 내가 볼 때 그 수수께끼를 추적하는 것만이 이에 대한 답을 발견하는 가장 효과적인 유일한 방법이다. 헨리 제임스는 '예술에서는 느낌이 의미다.'라고 하지 않았던가.

– 시리 허스트베트, 《사각형의 신비》 중에서

당신의 흥미를 끄는 문제는 무엇인가?

이름은 존재의 영혼과 같은 것. 이름을 부르는 것은 그 존재를 긍정하고 인정하는 일이다. 이름을 부를 때 우리의 영혼은 그 존재의 영혼과 맞닿는 경험을 한다. 어떤 이름은 입술에 올리는 것만으로 황홀하고 설렌다. 어떤 이름은 혀에 올리기도 전에 거부감으로 미리 근육들이 경련을 일으킨다. 어떤 이름은 흥분하게 하고 어떤 이름은 가라앉게 한다. 차마 부를 수 없는 이름도 있고, 마지못해 부르는 이름도 있다. 영혼이 부딪치기 때문에 나타나는 현상이다.

    - 이승우, 《한낮의 시선》 중에서

아…. 설명이 필요 없는 문장이다.

글쓰기 강의를 하면서 나는 '필사반'이란 걸 운영했다. 일요일마다 시와 소설을 A4 용지 다섯 쪽씩 무조건 베껴 쓰는 것이다. 첫 책은 조정래의 《정글만리》였다. 읽기는 다 읽되, 한 달 동안 이 책의 중요한 부분을 매주 정해진 분량만큼 필사하는 과제를 수행해야 했다. 베껴 쓰기에 참가했던 사람들의 반응은 의외였다. 아래는 네이버 카페 '명로진의 인디라이터 교실' 한국문학 필사반 회원들의 후기다. 괄호 안은 회원이 사용하는 별명이다.

"다른 이가 쓴 글을 다른 몸으로 경험해보고 그 입장이 되어볼 방법이 있다는(비록 단순한 형태이긴 하지만) 것에 새삼 신기함을 느껴봅니다. 글을 옮겨 쓰며 문득 공감을 느낀 부분이 있는데 요즘 저의 상황과 맞는 부분이었습니다.

"거절당하는 것은 자신만이 아니었다." 이 부분에서 나만이 오로지 미흡하고 약하다고 생각하다가 누군가도 나와 똑같은 경험을 하고 감정을 느꼈으며 고민하고 아파했으리란 생각을 하게 되었습니다. 여러모로 생각을 많이 하게 된 시간이었던 것 같네요."(민진)

"필사는 처음 해봅니다. 스무 번씩 꼭꼭 씹어 삼키는 밥처럼, 어쩐지 영양가를 쫙 흡수한 기분입니다. (…) 베껴 쓰기를 하면 시간 가는 줄 모르겠습니다. 책도 재미있지만 필사하면서 저는 맞춤법 연습이 되더라고요. 특히나 약한 맞춤법. 한 번 더 배우고 갑니다."(강유선)

"이른 아침 텅 빈 사무실에서 한자 한자 읽으며 따라 써보았습니다. 그냥 읽는 독서와는 완연히 다른 느낌입니다. 몰입이라는 단어가 퍼뜩 떠올랐습니다. 책에 나오는 인물들 '전대광', '서하원'이 된 듯이 그 대사를, 말투와 추임새까지 생각하며 머릿속으로 따라 해보게 됩니다. 그리고 조정래 작가의 문체가 참 고전적이다 하는 생각도 하였습니다. 또 쓰다 보니 자주 쓰는 단어와 표현이 있다는 것도 알게 되었습니다."(글쓰는 어부)

"일부러 연필을 골라 필사를 시작했는데 컴퓨터와 스마트폰에 익숙해진 손이 말을 잘 듣지 않습니다. 나름 한 글씨 한다고 자부심도 있었는데 지렁이 몇 백 마리가 꿈틀대는 첫 필사본을 보며 앞으로 매우 험난하겠다는 예감이 드네요.
그래도 집에 돌아와서 곧바로 책상에 앉은 게 얼마 만인지 모르겠습니다. FM 93.1에서 흐르는 음악도 좋고 야근 후 고즈넉한 밤이라 고요하고 행복한 시간이었습니다."(세레나)

"간혹은 쓰는 행위 자체에, 간혹은 문장의 리듬에 마음을 맡긴 채 잠시나마 오히려 머리를 비울 수 있었던 것 같네요. 앞으로도 행복한 시간(밀리지 말고;;) 계속 다른 분들과 발맞춰 가도록 할게요. 가을에 참으로 어울리는 필사입니다."(firstsnow)

"필사하면서 띄어쓰기를 배우고, 글의 흐름을 눈여겨보고, 제 손에 조정래 작가의 글재주가 스며들기를 바랍니다. 아멘~."(비파)

"필사를 하게 되니 한 줄 한 줄 씹어 삼키는(?) 그런 느낌이네요. 하다보면 작가와 함께 호흡하는 느낌일 것 같아 기대됩니다."(똘망똘망)

"그냥 읽었던 것과는 달리 내용이 확연히 들어오고, 우리말 표현이 새삼 다가왔습니다."(최순자 필사1기)

이래도 필사 안 하겠는가?

맞춤법이란 주춧돌 위에 진심을 얹어라

1. 다음 중 띄어쓰기가 맞는 말에 ○ 표를 하여라.
　1) 동해 2) 카리브해 3) 불어 4) 프랑스어

　한자어로만 이루어진 '동해', '황해'는 붙여 쓰지만 외래어와 한자가 합쳐진 '카리브 해' '오호츠크 해'는 띄어 써야 한다. 그럼 지중해는? 역시 한자어로만 이루어져 있으니 붙여 써야 한다. 따라서 위의 1, 3번은 맞지만 2, 4번은 틀렸다. '카리브 해', '프랑스 어'로 써야 한다. 결국 불어나 프랑스 어나 같은 의미인데도 띄어쓰기는 달라야 한다. 모순이다. 그럼에도 그게 현행 띄어쓰기 규정이라서 지켜야 한다.

2. 다음 중 맞춤법에 맞는 말에 ○ 표를 하여라.

　　1) 쇠고기 2) 토끼고기 3) 등교길 4) 차값

정답은 1번. '토끼고기'는 '토끼 고기'로 띄어 써야 하고, '등교길'
은 '등굣길'로, '차값'은 '찻값'이라고 써야 한다. 우리말과 한자어로
이루어진 말은 중간에 사이시옷을 넣어야 한다는 규정 때문이다.

3. 다음 중 chocolate의 올바른 외래어는?

　　1) 초코릿 2) 초콜릿 3) 초코렛 4) 초콜레트

답은 2번이다. 우리는 위의 1~4번 외에도 초컬릿, 초커렛, 초콜
렛, 초코릿, 초컬렛, 쪼코릿, 초꼬릿, 초꼬렛 등등 무척 다양한 '초콜
릿' 파생어를 사용하고 있다.

이런 모든 규정을 만들고 보완하는 곳이 국립국어원이다. 2006
년부터 2009년까지 국립국어원장을 지낸 경북대 국문과 이상규
교수는 이렇게 고백했다.

"솔직히 말해서 나도 글을 쓸 때 띄어쓰기가 자신 없다."

이런…. 그럼 우린 어쩌라고?

4. 다음 중 국립국어원에서 하는 일이 아닌 것은?

　　1) 쉬운 우리말을 어렵게 만든다.

2) 어려운 우리말은 더 어렵게 만든다.

3) 더 어려운 우리말은 더욱더 어렵게 만든다.

4) 아주 어려운 우리말을 쉽게 만든다.

정답은 4번.

그렇다고 맞춤법이나 표준어 규정, 외래어 표기법을 무시하고 쓸 수는 없다. 맞춤법을 백퍼센트 이해하고 쓰기는 불가능하다. 다만, 글에서 너무 자주 잘못이 발견되면 읽는 사람이 괴롭다. 만약 여러분이 어문 규정에 맞지 않는 글을 쓰면 독자들은 그 글을 쓴 사람에 대해 신뢰를 갖지 못한다. 이게 문제다. 그렇다고 국립국어원장이면서 국문학 박사인 양반도 다 알지 못하는 저 엄청난 법칙들을 다 외울 수도 없다. 이 난관을 헤쳐 나갈 방법이 없을까?

첫째, 사전을 찾아가며 글을 쓴다. 그때그때 사전을 찾는 수밖에 없다. 사실 글을 쓴다는 행위는 곧 사전을 찾는 행위다. 우리가 쓰는 글의 대부분은 오류투성이다. 이걸 바로 잡는 행위가 사전 찾기다. 미국의 법학자인 루이스 브랜다이즈Louis D. Brandeis(1856 ~ 1941)는 말했다.

"한 번에 잘 쓸 수는 없다. 다시 써야 잘 쓸 수 있을 뿐(There is no such things as good writing, only good rewriting)."

쓴다는 것은 다시 쓴다는 것인데, 다시 쓴다는 것은 처음 쓴 것의 오자를 잡아내고 탈자를 덧붙이며 잘못된 어휘와 문법을 수정한다는 의미다. 이때 사전이 없으면 작업을 진행할 수가 없다. 사전 없이 글을 쓰려는 것은 마감재 없이 집을 지으려는 것과 마찬가지다.

그런데 많은 사람들이 마감재 없이도 집을 짓고 있다. 그러다 보니 집이 허술하고 지저분하다. 벽지 없는 벽, 장판 없는 바닥, 페인트칠하지 않은 외벽, 대패질하지 않은 목재들로 이루어진 집이 되고 만다. 들어가서 살 수가 없다. 이런 집을 지어놓고는 와서 살라고 윽박지른다. 왜 우리가 그래야 하는데?

둘째, 한글 또는 워드 프로그램의 맞춤법 기능을 사용한다. 이 프로그램들로 글을 쓰면, 맞춤법에 맞지 않는 단어를 썼을 때 그 단어 밑에 빨간 줄이 나타난다. 앞서 쓴 초코릿, 초코렛, 초콜레트, 초컬릿, 초커렛, 초콜렛, 초코릿, 초컬렛, 쪼코릿, 초꼬릿, 초꼬렛 등에는 모두 빨간 줄이 그어진다. 오직 '초콜릿' 하나만 빨간 줄이 나타나지 않는다. 이럴 때는 초콜릿이 외래어 표기법에 맞는 어휘이므로 이걸로 써야 한다.

이걸 어떻게 일일이 찾느냐고? 그걸 찾는 과정이 곧 글쓰기다. 우리는 글쓰기에 대해 오해하고 있다. 어떤 아름다운 영감이나 우주적인 사상, 번뜩이는 아이디어, 철학적 사유를 담아내는 것이라고 말이다. 그건 수십 번 사전을 찾고 골백번 도리질을 해가며 단 하나의 어휘를 고르는 작업을 거친 이후의 일이다. 유치원에 다니는 아이가 뚱땅거리며 베토벤의 '엘리제를 위하여'를 쳤다 치자. 우리는 그 아이의 연주를 듣고 영감이나 사상, 철학적 사유를 들먹이지 않는다. 왜? 아직 기술적 연마가 덜 된 상태기 때문이다. 그러나 같은 곡(정식 명칭은 베토벤 바가텔 25번 A단조 WoO 59)을 유명한 피아니스트 백건우가 쳤을 때, 우리는 그의 연주에서 아름다운 영감과 우주적인 사상, 철학적 사유를 느낄 수 있다. 모든 감상은 테크닉의 주춧돌 위에서 가능하다.

셋째, 한국어와 영어를 비교하며 옳은 표현을 익힌다. 예를 들어 '틀리다'는 말을 보자. 우리는 흔히 이렇게 말한다.

"지난번 물건하고 이번 건 틀리네."

"직접 해보면 생각하고 틀려."

"애가 사춘기가 되니까 어릴 때하고 틀리지?"

이 말들은 모두 틀린 말이다. 우리는 틀린 말을 틀린 줄도 모르고 쓰고 있다. 위의 문장에 쓴 '틀리다'는 단어는 '다르다'로 고쳐야 틀리지 않는다. 틀리다는 다음과 같은 뜻이 있다.

동사

1. 셈이나 사실 따위가 그르게 되거나 어긋나다.

• 답이 틀리다

• 계산이 틀리다

- 그 양반의 이야기에 어디 틀린 대목이 있습디까? 출처 : 박태순, 어느 사학도의 젊은 시절

- 아무리 좋은 기사가 실린 신문이라도 교정이 틀려 있다면 틀린 신문입니다. 출처 : 이병주, 행복어 사전

2. 바라거나 하려는 일이 순조롭게 되지 못하다.

- 오늘 이 일을 마치기는 틀린 것 같다.

- 그는 새벽 5시가 되자 잠자기는 다 틀렸다면서 라디오를 튼다.

- 우리도 그이 얼굴을 한번 볼까 했더니 틀렸구먼. 출처 : 송기숙, 녹두 장군

- 아직도 약간의 숙취가 남은 것은 사실이지만 잠자기는 틀린 일이었다. 출처 : 이문열, 영웅 시대

3. 마음이나 행동 따위가 올바르지 못하고 비뚤어지다.

- 그는 인간이 틀렸어.

- 그 사람은 외모는 출중한데 성격이 틀렸어.

형용사

'다르다1'의 잘못.

- 네이버 국어사전에서 발췌

국어사전에서도 친절하게 '다르다'의 잘못이라고 나와 있다. 우리는 그동안 다르다고 이야기해야 할 때 틀리다고 했던 거다. 영어로 치면 '틀리다'는 wrong이고, '다르다'는 different다. 'It is different'와 'It is wrong'은 하늘과 땅 차이다. 두 단어가 헛갈릴 때는 틀리다=wrong, 다르다=different로 이해하면 쉽다. 글을 쓴다는 것은 정확한 뜻을 가진 단어를 적확한 위치에 놓는 행위다. 이 조건이 어느 정도 충족된 뒤에야 감동이 따라올 수 있다.

그렇다고 문법이나 어문 규정, 맞춤법에 스트레스를 받지는 말자. 일단 쓰자. 틀린 것들은 나중에 고치면 된다. 중요한 건 맞춤법이 아니라 진심이다. 어떤 진심? 내가 겪은 일에 대해 솔직하게 고백하려는 진심. 상처와 흉터도 기꺼이 보여주려는 진심. 나와 타인 사이의 벽을 허물고 어깨동무를 하려는 진심. 이게 말처럼 쉽지가 않다. 글을 쓰라고 하면 초보자들은 대부분 글을 아름답게 꾸미려 한다. 수식을 화려하게 하고 상징을 도입하고 구성을 배배 꼰다. 유명 작가를 흉내 내고 시적인 표현을 남발하며 자아도취의 늪에서 옹알거린다.

처음 쓸 때는 수식을 잊어라. 형용사와 부사를 과감히 버리고 명사와 동사만으로 된 글을 써보라. '어머니와 아버지가 서로 헤어지던 그날 밤, 나는 서러움 가득 안고 쫓겨나는 여인네의 뒷모습 같이 펼쳐진 오솔길을 가슴 가득 차오르는 슬픔을 안고, 내 눈물을 밟으며 걸어갔다'고 쓰지 말고 '부모님이 이혼하던 날 밤, 나는 울면서 좁은 길을 걸었다'고 써라.

일단 지금은 매우 건조하고 냉정하게 써라. 딱딱하고 냉혹한 글로도 자신의 슬픔을 표현할 수 있는지 시험해보라. 수식을 배제한 글로도 진심을 나타낼 수 있다면 섣부른 꾸밈이 담아낼 수 없는 진짜를 건질 수 있다. 글쓰기를 시작할 때는, 사건을 보도하는 기자처럼 오직 사실만 기술하라. 꾸미는 건 나중에 얼마든지 할 수 있다.

진심으로 쓰기 위해선 먼저 진심이 있어야 한다. 진심은 곧 진정이다. 진실한 마음이며 진실한 감정이다. 이런 마음과 감정을 갖는 것은 연습한다고 되는 일은 아닐 것이다. 다만, 이런 마음과 감정을 표현하는 일은 연습하면 된다. 진심과 진정. 그것만 있으면 글은 98퍼센트 완성된다. 맞춤법은 나머지 2퍼센트의 영역에 속한다. 늘 그렇듯, 2퍼센트 부족한 것이 문제지만.

창작 욕구를 불러일으키는 작가들의 말

글을 잘 써보겠다고 오는 수강생들의 나이와 직업은 다양하다. 열여덟 살부터 60대 중반까지. 고3 수험생부터 목사님까지. 영화감독, 배우, 가수, 성악가도 필자에게 배웠고 다수의 박사와 육군 장성들도 있었다. 약사, 의사를 비롯해 카메라맨, 학교 선생님과 교수님들, 주부와 그를 따라온 남편들, 펀드매니저, 임대사업자, 기자, 자영업자, 파티시에, IT 관련 종사자들 등 다양한 직업군의 수강생들이 나를 거쳐(!) 갔다. (물론 백수들도 많았다.)

이들과 글쓰기를 하고 책을 읽고 토론하다 보면 때로는 지치기도 한다. 그래서 12주 수업 중간쯤에 서울 근교로 1박 2일의 워크숍을 떠난다. 워크숍이라고 가는데 마냥 놀기는 미안해서 나는 한

30분쯤 영어권 작가들이 글쓰기에 대해 한 말을 들려준다. 이를테면 아래와 같은 말들이다.

1. 미국의 방송 작가인 앤디 루니Andy Rooney(1919~2011)는 CBS 방송프로 〈60분60 Minutes〉의 '앤디 루니와 잠깐만A Few Minutes With Andy Rooney' 같은 프로를 진행한 유명인이다. 그는 유머 넘치는 말솜씨와 정치에 대한 날카로운 풍자로 거의 반세기 이상 미국 방송계를 풍미했다. 그가 남긴 말 중에 이런 게 있다.

내가 소재를 택하지 않는다. 소재가 나를 택한다.
I don't pick subject so much as they pick me.

앤디 루니는 자신이 진행하는 프로그램의 대본을 직접 썼다. 누구나 그렇듯 그도 매번 소재를 택하느라 고민했을 거다. 그런데 그는 위와 같이 말한다. 이게 무슨 뜻일까? 간단히 말하면 세상의 모든 것들이 다 소재가 된다는 말이다. 그가 대통령에 대해 이야기하려 마음먹으면, 미국 대통령은 희대의 개그맨으로 전락한다. 그가 사형을 선고 받은 살인자에 대해 이야기하면, 세상 사람들은 모두 그를 동정하게 된다. 그가 "그 휴대폰은 알려진 것만큼 좋지 않다"고 말하면 그 휴대폰 회사의 주가가 하락하고, "생각보다 칠레 와인은 맛있다"고 하면 그날로 칠레 와인이 동이 난다. 한마디로 우주선부터 벼룩까지, 그 어떤 것이든 방송의 소재가 될 수 있다는 것이다. 그러다 보니 그의 머릿속에는 수많은 아이템들이 줄을 서서 외쳐대는 상황이 벌어진다.

"내일 방송에선 내 얘기 좀 해달라고요!"

앤디 루니는 수많은 명언을 남겼는데 그중 내가 제일 좋아하는 것은 다음과 같다.

"살아 보니 올바른 사람이 되는 것보다 친절한 사람이 되는 게 더 낫더라(I've learned⋯ That being kind is more important than being right)."

2. 미국의 여류 작가 매들렌 렝글Madeleine L'Engle(1918~2007)은 뛰어난 아동 문학 작품에 주는 뉴베리상 수상작 《시간의 주름》을 비롯해 수많은 판타지 소설을 썼다. 그녀는 이런 말을 했다.

영감은 당신이 쓰고 있을 때 온다.

The inspiration comes with while you write.

영감靈感은 당신이 쓰고 있을 때 온다! 오오. 진리다. 나 역시 뭘 써야 할지 어떻게 써야 할지, 도무지 뭔가를 쓸 수나 있을지 고민할 때는 대부분 '뭔가 쓰고 있지 않을 때'였다. 우리는 컴퓨터를 켜지도 않고 손에 연필도 쥐지 않은 채 늘 이런 푸념을 하기 일쑤다. '아, 쓰긴 써야 하는데 영감이 떠오르지 않아.' 이런 말은 항상 아무것도 하지 않는 자의 것이다. 존 바에즈Joan Baez의 명언은 언제나 옳다.
"행동은 절망의 해독제다."

매들렌 렝글 여사는 이런 말도 했다.

"책을 내기로 맘먹었으면 어떻게든 내야 한다. 어른들이 읽기 너무 어렵다고? 그럼 애들을 위한 책을 쓰면 되는 거다(You have to write the book that wants to be written. And if the book will be too difficult for grown-ups, then you write it for children)."

3. 폴란드 태생의 미국 소설가이자 극작가인 샬롬 애쉬Shalom Asch(1880~1957)는 이런 말을 했다.

할 말만 있으면 글 쓰는 일이 더 쉬워질 텐데.
Writing comes more easily if you have something to say.

이 말을 듣고 어떤 교사가 혼잣말을 했다.
"애들만 안 가르치면 선생 노릇이 더 쉬워질 텐데…."

4. 글쓰기에 대한 독특한 소설《소설》등 30여 편의 장편소설을 쓴 세계적인 베스트셀러 작가 제임스 미치너James Michener(1970~1977)는 마흔 넘어 쓴 첫 소설《남태평양 이야기》로 단번에 퓰리처 상을 받았다.

미치너는 이런 말을 했다.

> 나는 별로 좋은 작가가 아니다. 다만 남보다 자주 고쳐 쓸 뿐이다.
> I'm not a very good writer, but I'm an excellent rewriter.

절대 겸손의 표현이 아니다. 사실 쓴다는 행위는 고쳐 쓰는 행위다. 글을 배우겠다고 와서 꽤 오랜 시간 동안 습작한 사람들도 '글 고치기=글쓰기'라는 사실을 망각한다. 그냥 한 번 휙 써서 제출한다. 이유는? 바빠서, 회사 일이 많아서, 다시 읽기 싫어서, 귀찮아서 등등이다. 심지어 "내가 쓴 글을 고치라고요? 아니, 왜요? 글이란 일필휘지 아닌가요?"라고 반문하는 사람도 있다. 한 번에 휘리릭 써도 명문이 나오는 사람은 역사 이래로 헤시오도스Hesiodos 단 한 사람밖에 없었다. 그가 쓴 《노동과 나날》이란 책에 따르면 헤시오도스는 헬리콘 산의 목동에 불과했는데 어느 날 무사이 여신들(시와 음악을 주관하는 여신들)이 나타나 "시인으로 살아라"라는 하늘의 명을 전했단다. 그날부터 일필휘지의 천재가 되었다나? 이 말을 믿느니 차라리 일본 사람들이 "역사에 죄를 많이 지어 죄송하다"고 말할 날이 오는 걸 믿겠다.

현대의 찰스 디킨스로 비유되는 작가 존 어빙John Irving(1942~)도 이런 말을 했다.

"내 삶의 반은 원고를 고치다 지나갔다(Half of my life is an act of

revision).**"**

그러니 고치고 또 고쳐라. 그게 글쓰기의 전부다.

5. '가지 않은 길'이란 시가 있다.

노란 숲 속에 길이 두 갈래로 났었습니다.

나는 두 길을 다 가지 못하는 것을 안타깝게 생각하면서,

오랫동안 서서 한 길이 굽어 꺾여 내려간 데까지,

바라다볼 수 있는 데까지 멀리 바라다보았습니다.

그리고, 똑같이 아름다운 다른 길을 택했습니다.

그 길에는 풀이 더 있고 사람이 걸은 자취가 적어,

아마 더 걸어야 될 길이라고 나는 생각했었던 게지요.

그 길을 걸으므로, 그 길도 거의 같아질 것이지만.

그날 아침 두 길에는

낙엽을 밟은 자취는 없었습니다.

아, 나는 다음 날을 위하여 한 길은 남겨 두었습니다.

길은 길에 연하여 끝없으므로

내가 다시 돌아올 것을 의심하면서…

훗날에 훗날에 나는 어디선가

한숨을 쉬며 이야기할 것입니다.

숲 속에 두 갈래 길이 있었다고,

나는 사람이 적게 간 길을 택하였다고,

그리고 그것 때문에 모든 것이 달라졌다고.

이 아름다운 시는 피천득 선생이 옮긴 것이다. 이 시의 원문은 미국의 계관 시인으로 네 번이나 퓰리처 상을 받은 로버트 프로스트 Robert Frost(1874~1963)가 썼다. 프로스트는 작가의 진정성에 대해 이런 말을 했다.

작가가 울지 않으면 독자도 울지 않는다.

작가가 놀라지 않으면 독자도 놀라지 않는다.

No tears in the writer, No tears in the reader.

No surprise for the writer, no surprise for the reader.

맞는 말이다. 아무리 글 솜씨가 좋고 기발한 소재에 대해 썼다 해도, 아무리 파란만장한 인생을 살았다 해도, 작가가 먼저 진실하지 않으면 독자에게 감동을 줄 수 없다. 사람은 자기가 살아온 만큼 쓰는 법이다.

6. 예술을 하는 사람들은 어떻게 하면 일상의 노동에서 벗어날까를 늘 연구한다. 일상의 반복이 창조성을 갉아먹지나 않을까 불안해서다. 권태는 창조성의 적이기도 하다. 음악이나 미술, 글쓰기 같은 예체능 전공자들은 사실 일하는 게 노는 거다. 미술? 붓으로 설렁설렁 캔버스에 낙서하며 놀기다. 음악? 좋아하는 악기 뚱땅거리며 노는 거다. 글쓰기? 입 대신 손으로 수다 떨며 노는 거에 다름 아니다.

그러다 보니 오전 9시부터 오후 7시까지 회사 책상에 앉아서 열심히 일하는 샐러리맨들 혹은 CEO들이 보기에 이 예체능 몰입자들이 하는 짓이 한심해 보이기도 한다. 국민총생산에 위대한 업적을 이룬 토목 지향적 인간, 혹은 인류의 모든 행위를 수치로 환산해야 직성이 풀리는 금융 편향적 인간들이 보기에 작가라는 작자들이 하는 짓은 허망할 뿐이다. 심지어 작가의 최측근 혹은 가족조차 작가들의 빈둥거림을 이해하지 못한다. 이런 사람들에게 미국의 저널리스트 편집자 버튼 라스코Burton Rascoe(1892~1957)가 한 방 날린다.

창밖을 보며 멍 때리고 있을 때조차 작가는 일하고 있는 거다. 그걸 마누라도 이해 못하니, 원.

What no wife of a writer can ever understand is that a writer is working when he's staring out of the window.

제임스 홀James Norman Hall(1887~1951)이란 작가는 한 술 더 떴다.

빈둥거리는 것은 작가의 삶에 있어서 가장 생산적인 부분이다.
Loafing is the most productive part of a writer's life.

아하, 그렇구나. 자고로 선배의 말씀을 들었으면 실천해야 한다.
나는 오늘 여기까지만 쓰고 이제 빈둥거리러 나가봐야겠다. 독자
여러분도 오늘 독서는 여기까지만 하고 놀러 나가시길.

오직 나만을 위한 이기적인 글쓰기

시를 쓰면 누구나 시인이다

봄이 되면

봄이 되면,
방향을 정해 가지를 내밀고
연두빛 고운 잎사귀 달랑 걸어놓고
친구 같은 봄바람과
살랑살랑 그림자놀이나 하면 되는 것을.
그렇게 푸르르게 살면 되는 것을.

나무도 아는 걸,

나는 모른다.

인간은 잘 모른다.

　나는 종종 글쓰기 반 수강생들에게 느닷없이 종이 한 장을 나눠 주고 "시를 써보라"고 주문한다. 제목은 자유. 혹은 "다음 주까지 자작시 한 편씩을 써오라"고 숙제를 내주기도 한다. 성인 수강생들은 '시'라는 말에 한 번 경기를 일으키고 '숙제'라는 말에 두 번 까무러친다. (심지어 나는 베껴 쓰기 숙제를 내주고 나선, 해오지 않은 어른들의 손바닥을 때리기도 한다! 물론 고소, 고발을 당하지 않을 정도로 아주 약하게… 죽비로 겨우 '틱' 소리가 날만큼 시늉만 낸다. 수강생들이 수치심을 느끼거나 아파하면 내 선생 노릇도 끝이다!)

　앞의 '봄이 되면'은 수강생 중 한 명인 세레나 님이 써온 시다. 나는 물었다.

　"이 시는 도대체 뭡니까?" (강의 중엔 가끔 이런 식의 직언이 난무한다.)

　"어느 봄날, 점심시간에 직장 근처를 걷다 보니 나무가 첫 잎을 내고 있더라고요. 그걸 보고 시상이 떠올라서 써봤어요."

　"그렇군요. 그때 점심을 먹고 나서였나요?"

　"네. 사실은 그날 오전에 직장에서 스트레스를 많이 받고 있었거든요."

　"잠깐만. 직장에서 스트레스 받지 않고 지내는 오전이 있나요?"

　"…없네요."

"그렇겠죠. 그래서요?"

"언제나 그랬듯이 그날도 오전에 상사한테 깨지고 나서 우울하게 점심을 먹었어요. 그나마 매운 일본 카레를 먹고 커피를 한 잔 마시고 나니 기분이 좀 풀리더라고요."

"혼자 먹었죠?"

"그랬죠. 팀장 얼굴은 보기도 싫었고, 팀원들하고도 같이 밥 먹을 기분이 아니었거든요. 점심을 먹고 조금 나아진 기분으로 회사로 돌아오고 있었는데, 아마 포플러 나무였을 거예요. 가지가 뻗어 있는데 거기 연한 녹색 잎사귀가 하나 달려 있더라고요. 그 앨 보니까 눈물이 나더군요."

"아하, 그때 시가 당신에게 왔군요. 잎 달린 가지는 봄바람에 살랑이고 있었겠고."

"그렇죠. 그냥 저렇게 바람 불면 부는 대로, 가지 뻗으면 뻗는 대로 자연스레 살면 될 걸. 뭐하러 아웅다웅하며 이리 살고 있나 싶었어요."

"그렇게 푸르게 살면 되는 걸…, 본인만 몰랐네요."

"그러니까요."

"사실 이 시는 그다지 감동적이라거나, 문학적이지는 않아요. 다만, 세레나 님의 설명을 듣고 다시 읽어보니 살짝 공감이 가긴 하네요. 포플러는 우리말로 미루나무죠. 이 나무의 학명 포플루스 *populus*의 어원은 라틴어로 '인민'이란 뜻이지요. 그러니까 억압받는 인민의 서글픔마저 느껴져요. 그런데 앞부분에 '팀장과 한바탕하고 난 오후, 길을 걷다 만난 어린 포플러'라는 구절을 넣으면 더 공감이 갈 텐데."

"시에 넣는 어휘로 '팀장' 따위가 적당하다고 보세요?"

이 대목에서 직장을 다니는 모든 수강생들이 들고 일어났다. 전적으로 세레나 님의 말이 옳다는 거였다. 팀장, 업무, 직장 같은 단어들은 시의 순수성을 더럽힌다며 흥분했다. 나는 곧 내 실수를 인정했다. 그 대신 풍자적 상징이 가득한 언어로 대체하는 건 어떠냐고 물었다. 팀장을 또라이, 업무를 노가다, 직장을 지옥 등으로 바꾸는 것이다. 수강생들은 이 대목에서 굉장히 만족해했다.

시를 쓴다는 것은, 잃어버린 어린 시절의 순수를 찾아 떠나는 일이다. 그러므로 시의 진영에서 팀장이나 업무, 직장 같은 어감이 배척당하는 것은 옳다. 어린 시절의 순수 속에는 이런 말들이 없어서다. 꽃, 나뭇잎, 조약돌 같은 낱말이 있을 뿐이다.

시는 은유와 직유의 세계지만 동시에 소탈과 담담의 땅이다. 솔직함과 은닉, 광기와 절제가 공존하며 우연과 필연의 두 기둥이 자유와 강박의 하늘을 떠받들고 있다. 고뇌의 구름이 몰려오기도 하지만 어쩐지 이곳에선 폭풍우마저 아름답다. 과도한 상처와 끔찍한 재앙은 종종 소설에 양보해야 하기에, 이곳은 대체로 놀이의 봄바람이 부는 아열대의 해변 소도시다. 배고프면 먹고, 술 고프면 마시고, 졸리면 자고, 사랑이 고프면 사랑을 나누면 그만이다.

선물

어제의 나를 나는 기억하지 못한다.

내일의 나는 내가 모른다.

오늘, 그대를 만나서

나는 내가 된다.

우리 함께할 때

나는 나이고

그대는 그대.

나는 그대이고

그대는 나.

우리에게

지금은 선물,

시간은 축복,

대화는 노래.

그대가 내 눈에 들어왔을 때

나는 시가 되었다.

유치하기 짝이 없는 한 수강생의 시다. 그는 연애 중이다. 그러므로 그는 시 공화국 시민임에 틀림없다. 사랑에 빠져 있을 때, 시어의 무절제를 탓해봐야 아무 소용이 없다. 사랑하는 사람들이 내뱉는 하소연은 그대로 시가 되므로. 때로 이 나라에 직시와 혁명의 쿠데타가 있어왔으나 언제나 신혼인 시의 추종자들은 곧 저들만의 침대를 찾아 사라졌다. 구호가 힘을 잃는 유일한 영토, 밤의 달콤함이 난무하는 시의 엘도라도에서 우리는 황금인 사랑으로 빛나고야 만다. 사랑이 있으면 시요, 사랑이 없으면 시가 아니다.

굳은살

머리가 간지러워 긁어본다.
단단히 박힌 굳은살이 비듬처럼 떨어진다.
하얀 가루는 멈출 기세가 없다.
아이는 얼굴과 눈이 빨간색으로 물든다.

거리를 걸으며 오늘도 무사히
하늘에 검은 비가 내리고 천둥이 친다.
번개가 유턴하며 비추는 헤드라이트
겁에 질린 아이는 손 머리 위.

천사의 날개를 가진 악마가 검은 땅에 내려앉는다.

긴 그림자를 그리는 다섯 개의 손톱,

아이는 더 이상 머리를 긁지 않는다.

악취를 풍기며 썩어가는 굳은살.

말을 걸어오면 오늘도 무사히

다리 위에 파란 신호등이 비추자 건너는 아이.

반대편에서 건너오는 빨간 눈의 아이.

겁에 질린 아이는 손 가슴 위.

악마의 날개를 가진 천사가 검은 땅에 내려앉는다.

쩍 벌린 입으로 흡입하는 담배 한 가치,

아이의 가슴에서 내뿜는 하얀 연기,

대지를 더럽히며 흩어지는 굳은살.

아이는 더 이상 긁지 않는다.

간지러움을 위한 춤,

떨어진 굳은살 위에 새살이 돋아나며

무릎을 피고 허리를 숙인다.

내 강의를 들으면서 라이터황 님은 생전 처음 시를 써봤다고 한
다. 올해 마흔한 살인 그는 글쓰기를 시작한 지 이제 겨우 1년 남짓

하다. 천천히 글쓰기의 매력을 알아가고 있는 중이다. 앞의 시가 정말 그의 첫 자작시라면 그는 천재다. 나는 그에게 시를 써보라고 권했다. 물론 그는 프랑스 화가 에드가 드가Edgar De Gas의 경구를 명심해야 하겠다.

"누구나 스무 살에는 재능이 있다. 중요한 건 그걸 50이 될 때까지 지속하는 일이다."

이 책을 쓰는 나는 낼모레 50이고 이 책을 읽는 여러분도 20보다는 50이란 숫자에 더 근접해 있다(끔찍하지 않은가!).

얼마 전 한 신문에서 고령화 사회에 따른 신新 중년을 정의했다. '60세에서 75세'까지란다. 그럼 이제 겨우 40대인 우리는 뭐다? 파릇파릇한 청년이다. (야호!) 시는 사랑의 언어이므로 우리는 아직 사랑해야 한다. 시는 정열의 물화物化이므로 우리는 지금껏 뜨거워야 한다. 시는 순수의 존재이므로 우리는 맑고 깨끗하다. 시는 미학의 절정이므로 우리는 무조건 아름답다. 시는 청년의 것이므로 시는 여전히 우리의 것이다…. 헉헉헉. 여기까지 쓰고 보니 팔과 어깨가 저리다. 좀 쉬어야겠다. 역시 육체와 정신의 나이는 다른가 보다.

스토리텔링의 정체
- 마술사 홍 선생과 데이비드 카퍼필드

스토리텔링이란 무엇인가를 이야기하기 전에 우리나라 마술의 원조라는 홍 선생(가명)의 예를 들어보자. 그는 아라비아 스타일의 모자를 쓰고 나와서 비둘기를 없애거나 미녀를 상자 안에 넣고 칼을 쑤셔 넣는 등 6, 70년대 텔레비전의 보급과 함께 꽤 인기를 얻었던 마술사이다. 홍 선생 때문에 많은 후배들이 마술사를 꿈꾸었고, 그의 뒤를 쫓아 한국 마술의 역사를 이어갔다. 분명 그는 우리나라 최초의 마술사이자 최고의 마술사였다.

홍 선생의 업적을 과소평가할 마음은 추호도 없다. 그런데 어느 날부터 홍 선생은 무대의 뒤편으로 사라졌다. 왜? 테크닉이 부족해서? 아니다. 마술 팬들이 줄어서? 아니다. 나이가 들어서? 그도 아니다. 새로운 마술이 등장했기 때문이다. 그 마술은 기존의 마술과는 패러다임부터 달랐다. 관객들이 원하는 것은 더 어려운 기술이나 더 빠른 눈속임이 아니었다. 스토리텔링이었다.

스토리텔링으로 무장한 마술사 중 한 명이 데이비드 카퍼필드다. 그의 쇼에는 마돈나나 마이클 잭슨의 공연보다 더 많은 사람들이 몰려들었고 그가 브로드웨이에서 공연을 했을 때는 캣츠나 라이온 킹보다 더 많은 티켓이 팔렸다(홈페이지 www.davidcopperfield.com에 따르면 그렇단다).

데이비드 카퍼필드는 이전의 마술사들이 시도하지 않았던 대규모 마술들 '자유의 여신상 사라지게 하기', '만리장성 통과', '오리엔탈 특급 열차 사라지게 만들기', '몸통 자르기' 등을 선보여 "현존하는 최고의 마술사(오프라 윈프리의 말)"라는 명성을 얻었고, TV 프로그램으로 에미상을 스물한 번이나 수상하는 등 전무후무한 기록을 갖고 있다. 그러나 나는 데이비드 카퍼필드의 현란한 최근 마술보다 소박한 초창기 마술을 더 좋아한다.

그가 20대 때 만든 10분짜리 마술은 그의 자전적 스토리를 담고 있다. 무대 위에는 마술을 좋아하는 어린이가 등장한다(실제 데이비드는 어린 시절부터 마술을 좋아했다). 손수건 속에서 병아리를 나타나게 하는 마술 따위를 좋아했던 이 아이가 장막 속으로 사라지는 순간, 젊은 데이비드가 나타난다. 데이비드는 부모님께 하직 인사를 올리고 뉴

욕으로 향한다. 몇몇 에이전시에서 거절당한 데이비드는 좌절하지 않고 마술을 연마, 곧 텔레비전에 출연하게 된다. 신문에서 이 소식을 접한 데이비드의 부모님은 기뻐하며 집 앞에 현수막을 건다. 거기엔 이렇게 쓰여 있다. "우리 아들이 텔레비전에 나옵니다(Our son is on television!)." (한국이나 미국이나 현수막 문구 유치하긴 마찬가지다.)

청년 마술사는 멋지게 데뷔를 하고 유명세를 탄다. 기쁜 부모는 아들에게 전화를 건다. 그러나 전화는 매니저에 의해 차단당하고 만다. 실망한 부모는 마당으로 나와 이불을 빨아 빨랫줄에 넌다. 두 개의 이불이 교차하는 순간, 뉴욕에 있어야 할 데이비드가 순간 이동을 해 고향 집 마당에 나타난다. 객석에서는 우레와 같은 박수가 터진다.

데이비드의 인생 이야기를 담은 이 마술은 기술적인 것만 보여준다면 1분 30초짜리다. 거위를 사라졌다 나타나게 하는 마술과 천 뒤에서 사람이 나타나는 마술이 전부다. 데이비드는 마술에 스토리텔링을 입혔기 때문에 1분 30초짜리 트릭을 감동이 있는 10분짜리 공연으로 만들 수 있었다.

몇 해 전, 아이와 함께 보러 간 '펜 양의 버블 쇼' 역시 데이비드 카퍼필드 식 스토리텔링 요소를 도입했다. 비눗방울은 크게 만들거나 많이 만들어 뿌리는 것 외에는 기술적인 것에 한계가 있다. 그래서 펜 양은 버블 쇼의 일부를 자신의 인생 이야기로 꾸몄다. 베트남의 한 시골 마을에 비눗방울을 갖고 놀기 좋아하던 아이가 있었다.

가난했지만 아이에겐 꿈이 있었다. 비눗방울을 소재로 쇼를 만들어서 사람들에게 보여주겠다는 것이었다. 데이비드 카퍼필드가 그랬듯, 펜 양 역시 비눗방울 하나로 이야기가 있는 공연을 만들어 세계적으로 성공했다.

사람들은 스토리에 열광한다. 스토리가 있어야 기억하고, 스토리가 있어야 공감하고, 스토리가 있어야 환호한다. 똑같은 상품도 스토리가 있는 것, 그것도 고상하고 비싸 보이는 스토리가 있는 것을 원한다. 그냥 구두가 아니라 〈섹스 앤 더 시티〉에서 미스터 빅과 캐리가 한바탕 싸우고 나서 빅이 캐리에게 청혼하며 신겨준 마놀로 블라닉 구두를 사고 싶어한다. 그냥 가방이 아니라 에르메스 5대손인 장 루이 뒤마가 비행기에서 만난 영화배우 제인 버킨에게서 영감을 받아 만든 바로 그 버킨 백을 들고 싶어한다. 그냥 자동차가 아니라 영화 〈이탈리안 잡〉에 나오는, 그릴 앞에 부가 라이트가 붙어 있는 미니 쿠페를 타고 싶어한다.

자, 그럼 스토리 있는 글을 쓰기 위해선 어떻게 해야 할까? 아마도 이 주제에 대해선 대학교에서 3학기 정도 강의를 들어야 만족할 만한 답을 찾을 수 있을 것이다. 스토리 있는 글을 쓰는 방법을 단 몇 페이지로 알려줄 수는 없다. 필자 역시 스토리 있는 글을 쓰기 위해 애쓰고 있지만 "정답을 찾았다"고 자신 있게 말할 수 없기 때문이다. 다만, 스토리의 핵심을 그저 어렴풋이 알 뿐이다. 그건 자신의 글을 거대한 수수께끼로 만드는 일이다. 다음 두 글을 읽어보자.

1. 숨이 막힌 도베르만

어느 날 메리가 장을 보고 돌아와 보니 집에서 기르는 도베르만이 목에 뭔가 걸려서 숨을 제대로 쉬지 못하고 있었다. 그녀가 개를 동물병원에 맡기고 집에 돌아오자마자 전화벨이 울렸다. 조금 전 다녀온 동물병원의 수의사였다. 그는 소리 지르며 말했다.

"당장 집 밖으로 나가세요!"

"무슨 일이예요?"

메리가 깜짝 놀라 물었다.

"제 말대로 하세요. 당장 옆집에 가 계세요, 곧 갈게요!"

수의사는 메리의 질문에는 대답을 않고 그렇게 소리쳤다. 그녀는 무슨 일인지 놀랍고 궁금했지만 수의사가 시키는 대로 이웃집으로 갔다. 그런데 그녀가 밖으로 나가자마자 경찰차 네 대가 달려와 급브레이크를 밟으며 집 앞에 섰다.

경찰들이 권총을 뽑아들고 차에서 내리더니 집 안으로 달려 들어갔다. 그녀는 겁에 질린 채 밖으로 나와 무슨 일이 벌어지는지 바라보고 있을 수밖에 없었다. 곧 수의사가 도착해 상황을 설명했다. 그가 도베르만의 목구멍을 검사해보니 거기에 사람 손가락 두 개가 있었다는 것이다. 그는 아마도 도베르만이 도둑을 놀라게 했을 것이라 생각했다.

아니나 다를까, 경찰은 곧 피 흘리는 손을 움켜쥐고 공포에 질린 채 옷장에 숨어 있던 도둑을 잡아끌고 나왔다.

2. 고래와 어부

한 어부가 이상한 고기를 잡아다 아내에게 요리를 하라고 주었다. 아내가 요리를 해 어부와 가족들은 맛있게 먹었다.

다음 날, 아내가 바다에 나가 손을 씻고 있었는데 갑자기 사람을 잡아먹는 고래가 나타나 그녀를 잡아가버렸다. 고래는 어부의 아내를 바다 밑의 자기 집으로 데려가 종으로 삼고 일을 시켰다.

어부는 친구인 상어의 도움을 받아 아내를 구하러 내려갔다. 상어는 꾀를 내어 고래의 집에 켜져 있던 불을 꺼버렸다. 그 사이 어부는 아내를 구했다. 어부와 아내, 상어는 무사히 해안가로 돌아왔다. (북아메리카 인디언 민화)

- 로널드 토비아스, 《인간의 마음을 사로잡는 스무 가지 플롯》에서 발췌

위 1번 이야기와 2번 이야기 중 어떤 것이 더 재미있는가? 열 명 중 아홉은 1번이 재미있다고 손을 든다. 그런데 꼭 2번이 재미있다고 하는 사람이 있다. 2번이 재미있다고 하는 사람에게는 할 말이 없다. 초현실주의자니까. 그러나 현실은 1번 식 이야기를 원한다. 1

번은 스토리이고 2번은 스토리가 아니다. 왜?

1번은 수수께끼이고 2번은 수수께끼가 아니기 때문이다. 1번 스토리를 읽으면서 독자들은 끊임없이 궁금해한다.

- 왜 메리네 도베르만은 숨을 헐떡이고 있었을까?
- 왜 수의사는 메리에게 "당장 집 밖으로 나가세요!"라고 소리쳤을까?
- 왜 메리가 밖으로 나가자마자 경찰차 네 대가 달려와 집 앞에 섰을까?
- 왜 경찰들은 권총을 뽑아들고 집으로 달려 들어갔을까?

이 모든 궁금증은 강도가 잡히는 순간 풀린다. 도베르만은 강도의 손가락을 물어뜯었던 거다. 그에 반해 2번 이야기는 물음표만 있을 뿐 해답이 없다.

- 왜 어부가 이상한 고기를 잡았을까?
- 왜 어부의 아내가 바다에 나가 손을 씻고 있을 때 고래가 나타나 그녀를 잡아가버렸을까?
- 왜 고래는 어부의 아내를 자기 집으로 데려가 종으로 삼고 일을 시켰을까?
- 어떻게 어부는 상어의 도움을 받아 아내를 구하러 내려갔을까?

이렇게 독자의 궁금증을 유발해놓고 해답은 주지 않는다. '이건 뭐지? 상어와 고래가 라이벌이라는 상징? 어부와 고래와 아내는 삼각관계? 아무데서나 고기를 잡지 말라는 경고?' 도무지 알 수가 없다.

스토리, 즉 이야기는 다음과 같은 원칙이 있어야 한다.

> 1. 사건은 충분히 일어날 수 있는 일이어야 한다. 즉, 개연성이 있어야 한다.
> 2. 앞 사건에 대하여 뒤의 사건이 일어난 이유가 분명해야 한다. 즉, 인과관계가 있어야 한다.
> 3. 결말이 있어야 한다. 즉, 글쓴이가 하고 싶은 말이 있어야 한다.

여기 아주 간단하게 만든 '놀부전'이 있다.

흥부가 제 집에서 떨어져 다친 제비 다리를 치료해준다. 제비는 다음 해 봄에 돌아와 흥부에게 박씨를 물어다 준다. 박이 커진 뒤 톱으로 켜자 금은보화가 나와 흥부는 부자가 된다. 이를 알게 된 놀부가 흥부에게 부자가 되는 방법을 듣고 가서 일부러 제비 다리를 부러뜨린다. 놀부네 집 제비도 박씨를 물어다 준다. 놀부가 박을 타자 그 안에서 온갖 나쁜 것들과 악한 것들이 쏟아져 나온다.

이 이야기를 분석해보면 다음과 같다.

흥부가 제 집에서 떨어져 다친 제비 다리를 치료해준다.
→ 1. 충분히 일어날 수 있는 일이다.

박이 커진 뒤 톱으로 켜자 금은보화가 나와 흥부는 부자가 된다.
→ 2. 인과관계가 있다. 흥부가 제비를 살려줬기 때문에 제비는
흥부에게 은혜를 갚았다.

놀부가 박을 타자 그 안에서 온갖 나쁜 것들과 악한 것들이 쏟
아져 나온다.
→ 3. 결말이 있어야 한다. 지은이가 하고 싶은 말은 이거다. "나
쁜 짓을 하면 벌을 받는다."

물론 놀부전의 진짜 결말은 아마도, 가난해진 놀부를 흥부가 받
아들이고 놀부는 개과천선한다는 가슴 찡한 휴머니즘일 것이다.
하여간 아무리 간단한 글에도 이처럼 스토리텔링의 원칙이 있어야
좋은 글이 된다.

스토리텔링 글쓰기를 잘하기 위한 왕도는 없다. 좋은 연습 방
법 중 하나는 카메라를 들고 거리로 나가는 것이다. 그리고 쇼핑
몰, 고궁, 뒷골목에서 찍은 사진 파일들을 출력해놓고 한 편의 이야

기를 만드는 것이다. 12장의 사진으로 이야기 한 편을 만들어보고, 24장, 36장의 사진으로 이야기를 만들어보라. 저 위의 원칙을 염두에 두고 말이다. 스토리 있는 글쓰기도 결국 연습을 통해야 이루어진다.

끊임없이 던지는 질문이 빛을 밝히리

우리가 글을 쓰기 위해선 글의 재료가 있어야 한다. 글 재료는 오랜 시간 동안의 자료 찾기에서 나온다. 자료 찾기는 연구, 관찰, 사색의 총합이다. 요리로 치자면 해안가에서 찾은 싱싱한 생태는 재료이고, 그 생태를 찾기 위해 '어디에 가서 생태를 살 것인지, 어느 지역 생태가 싱싱한지, 가격은 어느 정도인지, 산지에서 요리를 하는 곳까지의 거리는 어느 정도인지' 등등을 연구하고 비교하고 관찰해서 결론까지 내리는 과정이 자료 찾기다.

글쓰기를 위해선 그 주제에 맞는 자료 찾기 과정이 반드시 필요하다. 어떤 글을 쓰느냐에 따라 자료를 찾는 방법이 다를 것이다. 이 짧은 글을 통해 모든 주제에 적용되는 자료 찾기 방법을 제시할 수는 없다. 다만, 자료를 찾는다는 것과 그 자료를 적용하는 것은 어떤 관계가 있는지, 자료 찾기와 자료 적용은 어떻게 다른지를 암시하는 예를 들어보려 한다.

여기 두 천문학자가 있다. 티코 브라헤와 요하네스 케플러.

두 사람의 이름을 들어본 적이 있는가? 브라헤는 몰라도 케플러는 대부분 알 것이다. 케플러는 브라헤의 제자다. 그럼 이 둘에 대해 알아보자.

티코 브라헤Tycho Brache(1546~1601)는 덴마크 천문학자다. 스웨덴 남부의 헬싱보리(당시 덴마크령)의 귀족 가문에서 태어난 그는 1562년 라이프치히대학을 거쳐, 독일과 스위스에서 천문학을 배우고 1570년에 귀국했다. 2년 뒤, 카시오페이아자리에 나타난 새로운 별에 대해 자세한 관측을 해서 발표했는데 이 일로 학계에서 유명세를 얻었다.

그 후 티코 브라헤는 헤센의 영주 빌헬름의 천문학자로 일한다. 1575년, 빌헬름은 덴마크 왕 프레데리크 2세에게 티코 브라헤를 추천한다. 왕은 브라헤의 재능을 높이 사서 벤 섬을 내주고 천문 관측에 주력하게 했다. 브라헤는 이곳에 천문대를 짓고 항성과 행성의 관측에 전념했다.

그는 1577년에 나타난 혜성을 관측해서 혜성이 천체의 운동 중 하나라는 것을 입증했다. 당시 사람들은 혜성은 지구 대기가 일으키는 현상이라고 믿고 있었다. 브라헤는 또 화성의 운동을 관측하여 화성이 어떤 위치에서는 태양보다 지구에 더 가깝다는 것을 밝혀냈다.

대단한 천문학자임에 틀림없다. 더욱 놀라운 것은 그 당시엔 지금처럼 천문 관측용 망원경이 없었다는 거다. 다행히 티코 브라헤에겐 남들보다 훨씬 더 밝은 눈이 있었다. 브라헤는 모든 관측을 육안으로 했다. 그는 2.0이 넘는 매의 눈으로 밤하늘을 쳐다보며 기록하고 또 기록했다. 그가 행한 관측의 정밀도는 망원경이 발명되기 이전을 통틀어 가장 훌륭한 것으로 평가된다.

티코 브라헤는 몇몇 저서를 쓰기도 했고 방대한 관찰 자료를 남겼다. 그러나 그는 코페르니쿠스가 지동설을 발표했음에도 불구하고 여전히 천동설 신봉자였다. 더구나 이렇다 주목할 만한 이론을 만들어내지도 못하고 죽었다. 그가 남긴 방대한 자료는 제자이자 조수인 요하네스 케플러에게 고스란히 넘겨졌다.

요하네스 케플러Johannes Kepler(1571~1630)는 독일 태생의 천문학자다. 그는 1600년부터 브라헤 밑에서 일했다. 그는 관측을 부실하게 하거나 자료 정리를 잘하지 못해서 스승에게 종종 야단을 맞곤 했다. 1년 뒤, 브라헤가 느닷없이 사망하는 바람에 브라헤가 16년 동안 연구한 화성 운행에 대한 자료를 넘겨받았고 스승의 후임으로 덴마크 궁정 천문학자가 된다.

이때부터 케플러는 스승의 연구 자료를 바탕으로 독자적인 관찰과 연구를 병행한다. 케플러는 단순히 관찰한 것을 기록으로 남기는 것에 만족하지 않았다. 그의 관찰에는 늘 물음표가 동반되었다. '왜 화성은 저런 궤도로 움직이는가? 왜 화성은 어떤 때는 느리게 또 어떤 때는 빠르게 움직이는가? 왜 어떤 행성은 공전 주기와 공전 궤도 사이에 (정확히 알 수는 없지만) 일정한 법칙이 있는가?'

8년 동안 케플러가 집착한 것은 관찰의 정확도가 아니었다. 자신만의 질문이었다. 1609년 케플러는 《신新 천문학Astrmornia nova》이란 저서를 내놓았고 그로부터 10년 뒤 《세계의 조화Harmonice mundi》라는 책을 발간하는데, 이 두 책을 통해 행성의 운동에 대한 3대 법칙을 발표하게 된다.

케플러가 발견한 이 법칙들은 뉴턴이 만유인력의 법칙을 만드는 데 핵심적인 수학적 기초를 제공했다. 이 때문에 천문학사에서 케플러는 매우 중요한 위치를 차지하고 있으며 브라헤보다 훨씬 더 중대한 인물로 평가된다. 브라헤는 천문학 사상 전무후무한 자료를 모았으나, 제자 좋은 일만 한 셈이다. 자기만의 잣대가 없었기 때문이다. 케플러는 달랐다. 브라헤의 조수로 출발했으나 그는 자료를 정리하다가 자료들 사이에 어떤 일관된 '룰'이 있을 거라고 생각했다. 이 룰을 발견하기 위해 그는 끊임없이 물음표를 던졌고 그 물음표에 대한 답을 찾으려 노력했다.

사실 우리가 글쓰기를 위한 자료를 모으고 정리하는 이유는 그 자료들을 우리가 가진 글쓰기 룰에 적용하려고 하는 것이다. 무조건 자료를 많이 찾는다고 좋은 게 아니다. 자기만의 잣대, 룰이 있어야 하며 그 룰을 찾기 위해 질문을 던질 줄 알아야 한다.

내 속엔 내가 너무도 많다
- 프로필 쓰기

아무 종이나 한 장 펼쳐놓고 자신의 프로필을 써보자. 내가 책을 내서 그 책에 넣을 프로필을 쓴다고 가정하고.

"프로필을 쓰라고요? 아… 이것 참 난감하네요. 제가 특별히 한 일이 없는데요."

최민희 씨의 말이다.

"그래요? 대학 졸업하고 뭐 했어요?"

"10년 동안 거의 백수로 지냈어요."

"그래도 뭔가 한 일은 있을 거 아니에요? 밥 먹고 빈둥거리기만 했어요?"

"알바는 가끔 했죠. 옷가게에서도 일하고, 카페에서도 일하고, 오빠 친구 회사에서 한 3개월 사무직으로 근무하기도 하고….”

“취미는 없어요?”

“취미는 영화보기하고, 음…, 〈아빠 어디가?〉 시청?”

“남자친구는?”

“있다가 없다가 그래요.”

“꿈은 뭐예요?”

“꿈이란 게…, 좋은 남자 만나서 시집가는 거? 크크크.”

“다이어트나 패션에는 관심 없어요?”

“네일 아트에 관심 있었어요.”

“한마디로 민희 씨는 대한민국 평균 30대 여성이네요. 이렇게 시작해요. ‘최민희. 대한민국 평균 30대 여성. 취미는 영화 보기와 〈아빠 어디가?〉 시청. 그리고 〈무한도전〉 걸작선 무한 재시청.”

자신의 프로필을 써보면 많은 걸 깨닫게 된다. 내가 이렇게 보잘 것 없는 사람인가? 내가 이렇게 내세울 게 없는 사람인가? 나는 뭐 하며 살았나? 달랑 ‘대학 졸업 후 ○○사 입사 후 현재까지 근무’가 전부인 경우 빈약한 이력서 앞에서 우린 좌절한다. 그러나 프로필은 이력서가 아니다. 프로필은 나의 과거와 현재뿐 아니라 미래를 드러내주는 글이다. 프로필을 쓰면서 인생을 정리하고 현실을 직시해보라. 이제 막 돋으려는 날개에 힘을 주면서 호기롭게 꿈을 펼쳐

보라. 아무도, 이루어지지 않은 꿈을 비난하지 않는다.

아직까지도 혼자 무작정 떠나는 여행을 즐기는 '노마드형 인간'으로서, '여행하지 않는 삶은 곧 죽음'이라는 좌우명과 함께 오늘도 다음 여행지를 꿈꾸며 하루를 보내고 있다.
    - 졸저,《해피 론리 데이즈》프로필 중에서

여행기였다. 이 프로필을 쓰고 다음 여행지를 '꿈만 꾸면서' 하루를 보내는 일이 많아졌다.

동서양 고전의 세계에 푹 빠져 어떻게 하면 고전의 맛과 의미를 더 쉽고 재미있게 청소년 독자들에게 전달할까 궁리하고 있다.
    - 졸저,《장자가 묻는다 누구냐? 넌!》프로필 중에서

청소년을 위한 고전이었다. 궁리하다가 청소년 고전 책을 시리즈로 내기로 계약했다. 왠지 론다 번의《시크릿》식 사기극이 생각나는 대목이 아닌가?

현재는 달리면서 만난 세계의 친구들을 제주에 모아 함께 달릴 수 있는 '달리기 축제'를 준비 중이다.
    - 안병식,《나는 달린다》프로필 중에서

제주 출신 안병식 씨는 사막 마라토너다. 이집트 사하라 사막, 중국 고비 사막, 칠레 아타카마 사막, 남극 사막을 모두 통과했다. 짧게는 4박 5일, 길게는 한 달이 걸리는 코스였다. 북극점 마라톤 대회에서 우승했고 한국인 최초로 남북극 마라톤 완주 기록을 세우기도 했다. 이런 그가 자신의 사막 마라톤 일생을 《나는 달린다》라는 책으로 엮었다. 2012년 5월에 낸 이 책의 프로필에서 그는 제주에서 개최하는 달리기 축제를 준비 중이라고 썼다. 2013년 9월, 그에게서 이메일이 한 통 왔다.

"선생님! 제주 국제 트레일 러닝 대회를 개최합니다. 오셔서 함께 해주세요!"

꿈은 이루어진다.

소설 《걸프렌즈》를 쓴 이홍의 프로필은 간단하다.

O형 쌍둥이자리인 그녀는 1978년 서울에서 태어나 성장했다. 친구들을 대신해 써주었던 연애편지는 그녀가 문학을 하게 된 발단이었다. 글을 쓰고 싶은 열정에 안양예고 문예창작과에 들어갔고 서울예대 문예창작과를 다녔다.

그녀는 대학을 졸업하고 직장에 다녔다. 그러나 그 사실은 프로필에 넣지 않았다. 소설가인 그녀는 소설과 관계된 일만 기입했다. 누군가에게 프로필을 쓴다는 것은 평생 있었던 일 중에 상당 부분을 삭제하는 작업이다. 프로필을 쓰면서 내 인생의 흑역사를 삭제함으로써 내 기억에서도 상처가 사라질 수 있다면 얼마나 좋을까? 그럼 나는 수많은 재정 파탄 직전의 위기 상황들과 인성 파괴 직전의 숱한 실연들을 모두 삭제(Delete)할 테다.

박연철은 그림책《망태 할아버지가 온다》에 자신의 프로필을 다음과 같이 썼다.

이건 비밀인데요, 사실 난 지구인이 아니랍니다.

지구로부터 아주 먼 곳에 있는 너무멀어자세히안보면잘안보여 별의 왕이에요.

그 별에는 신기한 물건들이 아주 많아요. 네모난 자전거에서 거꾸로 자라는 나무까지….

하지만 그곳에는 '이야기'란 것이 없어 하루 종일 심심하답니다.

그래서 지구에 몰래 와서 조금씩 이야기를 모으고 있는 거예요.

이야기 주머니에 재미난 이야기가 가득 채워지는 날, 난 내 별로 돌아갈 거예요.

혹시라도 나중에 내 별에 들리시거든 꼭 날 찾아주세요.

지구에서 코딱지라고 부르는 말린 별빛가루로 만든 맛있는 차를 대접해드릴게요.

박연철은 책을 골라주는 어머니들을 위한 프로필이 아니라, 그 책을 읽을 아이들을 위한 프로필을 썼다. 대여섯 살의 꼬마들이 이 프로필을 보고 자지러지는 모습이 떠오른다. 동시에 이 프로필을 쓰면서 낄낄거렸을 저자의 모습도.

김훈은 《남한산성》 프로필에 이렇게 썼다.

> 1948년 서울 생. 신문기자를 함. 자전거 레이서.
> 소설 《빗살무늬 토기의 추억》, 《칼의 노래》, 《현의 노래》, 에세이 (…) 《밥벌이의 지겨움》.

프로필이 간략할수록 저자의 자존은 높다. 최근에 본 어떤 소설에 작가는 이렇게 프로필을 써놨다.

> 소설가

그게 전부였다. 한 단어 프로필의 소유자. 그 단도직입 앞에서 나는 얼어붙는다. 한마디로 자신을 규정할 줄 아는 사람. 멀티 플레이어가 판치는 디지털 르네상스의 시대에 그는 우뚝 서서 홀로 행복하다.

4장

마흔에 글을 쓴 사람들

글쓰기는 자기순환의 통과의례

- 1인 회사 전도사가 된 수희향 씨

아침에 눈을 뜨면 반복되는 일상에, 상사와 고객의 불평이 떠올라 지겨운 또 하루가 시작되는 것이 아니라, 하고 싶은 일, 하면서 즐거운 일이 있어서 깨어남이 감사할 수 있는 날들을 맞이하고 싶지 않은가. 내게 주어진 24시간을 주어진 틀 안에서 하루 종일 옴짝달싹 못 하며 밥이란 이유 외에는 아무 의미 없이 정해진 대로 뛰어다녀야 하는 그런 삶이 아닌, 진정 내가 태어난 존재 이유를 알려주는 일을 생각해보자. 어쩌면 천직은 생각보다 거창하지 않을 수도 있고, 그 실마리는 아주 작은 떨림에서 시작될 수도 있다.

수희향 씨가 그의 책《1인 회사》에서 한 말이다. '성공하는 지식 기업가로의 아홉 가지 로드맵'이란 부제를 달고 나온 책에서 그녀는 '제2의 인생만큼은 스스로의 기질에 맞는 천직을 행하며 충만하게 살아라'고 말한다. 호주 NSW 대학과 대학원에서 경영학을 전공하고 컨설턴트로 호주 상공회의소 사무국장을 역임한 그녀는 현재 문화기획자로 활동하면서 1인 지식기업가의 길을 가고 있다.

구본형 변화경영연구소 5기 출신인 수희향 씨는, 1인 지식기업가를 지향하는 사람들을 위한 '1만 스쿨'이란 실행 프로그램의 매니저이자 전자책 출판 기획 및 강연 기획사 '북 시네마'와 문화 행사 및 문화 경영에 대한 컨설팅을 제공하는 'AL 문화기획' 대표, 변화경영연구소 소속 연구원들의 멘토와 멘티를 연결해주는 '미라클 먼데이' 운영자 등으로 바쁘게, 그러나 신나게 활동하고 있다.

필자가 수희향 씨를 처음 알게 된 건 2007년 초, 그녀가 꼭 마흔을 맞이하던 해였다. 성인들을 대상으로 한 글쓰기 강좌를 시작하고 두어 달이 지났을 때, 내게 메일이 왔다.

"저는 호주에 살고 있는 앨리사(그녀의 영어 이름)라고 합니다. 선생님의 강의를 듣고 싶지만 지금 시드니에서 생업을 이어가고 있기에 아쉬운 점이 많습니다.

저는 ○, ○, ○ 등의 분야에 관심이 있고, 그걸 책으로 써보고 싶습니다. 다만 아직 글쓰기에 익숙지 못해 고민하고 있답니다. 선생님 강의를 동영상으로 만들어 제게 보내주실 수 있을까요? 어떤 식으로 비용을 지불하든 상관하지 않겠습니다. 이곳에서 동영상으로 강의를 듣고 제가 글을 써서 메일로 보내고, 그걸 첨삭 지도를 해주시면 감사하겠습니다. (중략)"

한마디로 '원격 빨간 펜 수업'을 해달라는 것이었다. 메일을 받고 바로 답장을 했다.

'앨리사 님! 멀리 호주에서 이렇게 관심을 갖고 메일을 주셔서 감사합니다. 앨리사 님이 관심 있는 분야에 대해 글을 쓰고 그것을 책으로 내려는 꿈을 가지셨다니 참 멋집니다. 가까운 곳에 살아서 서울에서 열리는 제 강의를 들으셨으면 좋았을 것을.

말씀하신 동영상 강의는 저로서는 고려하지 않고 있습니다. 배우고 가르친다는 것에 어떤 변화와 경이가 있다면 그건 배우는 사람과 가르치는 사람이 얼굴과 얼굴을 맞대고 마주 앉아 숨과 호흡을 나누는 중에, 눈빛과 손짓과 몸짓을 교환할 때 생기는 화학적 과정 속에서 이루어지는 것입니다. 저는 그렇게 믿고 있습니다.

다음 기회에 앨리사 님께서 한국에 오실 때, 저의 수업을 한 번 들어보시는 것이 어떨까요? 그럼 타국에서 건강하시길 바라며.'

메일을 보내고 나서 나는 한동안 바쁘게 지냈다. 글쓰기 과정의 새로운 기수 수업을 시작하던 날, 수강생 중 한 사람이 내게 이렇게 말했다.

"선생님! 저 앨리사예요. 호주에서 메일을 보냈던…."

"네?"

그녀는 내 메일을 받고, 10년 호주 생활을 모두 정리하고 짐을 싸들고 귀국했단다(지금 생각해보니 참 대단한 사람이다. 더불어 제정신이 아닌 사람이기도 하다. 어쩌자고 그랬을까?).

서울로 돌아온 수희향 씨는 내 수업을 들으며 글쓰기 기초를 다져 나갔다. 종강하고 얼마 뒤에 번역을 해서 책을 내기 시작했고, 구본형 변화경영연구소에 들어가 자신만의 일을 모색했다. 그렇게 몇 년의 단련과 수행과정을 거쳐 당당히 《1인 회사》라는 책을 냈고, 만나는 사람마다 "자신을 찾고 또 자신의 일을 찾으라"고 외치고 있다.

나는 내 안에서 찾아야 한다. 자기다움을 밖에서 찾는다는 건 늘 점심 메뉴를 타인의 결정에만 따르는 것만큼이나 의존적이고 종속적이다(메뉴를 결정한 사람이 점심값을 내는 것도 아닌데, 나는 왜 늘 남들이 정한 메뉴만 먹어야 할까? 혹 지금 이 순간까지도 그리했다면, 내일부터는 꼭 내가 먹고 싶은 걸 골라먹도록 하자. 꼭!).

(…) 우리는 현대와 과거가 공존하는 사회에 살고 있다. 한쪽에선 더 빨리 앞으로 치고 나가고, 한쪽에선 여전히 사회적 잣대에 개인을 끼워 맞추려고 한다. 어느 쪽에 나를 맞추어야 할지 진정 혼란스럽다.

그럼 도대체 어떻게 나를 찾아야 할까? 그 방법의 하나로 수희향 씨는 애니어그램을 권한다. 애니어그램 연구소 지도자 과정을 수료

한 그녀는 짧게는 1박 2일부터 길게는 1년에 이르기까지 집중적이고 깊이 있는 대화와 분석, 애니어그램 방법론을 통해 많은 사람들에게 자기 찾기 과정을 안내하고 있다.

'나는 누구일까?'에 대해 답을 한다는 것은 어찌 보면 가장 쉬운 일인 것도 같고, 어찌 보면 세상을 마치는 순간까지 알 수 없는 일이 될 수도 있다. 어떤 관점에서 어느 정도 깊이의 잣대로 스스로를 들여다보느냐에 따라 그 경계선이 한없이 달라질 테니 말이다. 그렇다고 지레 겁을 먹고 피할 일은 더더욱 아니다. 이상하게도 세월이 흐를수록 누구를 막론하고 끈덕지게 따라다니는 물음 중의 하나이지 않은가.

자기를 찾아서 어떻게 하라는 것인가? 현대 사회는 고령화로 치닫고 있다. 90세를 넘어 100세 인생 시대가 눈앞에 다가왔다. 그러나 현재 대부분의 회사는 50세 전후로 사원을 몰아내는 추세다. 남은 인생의 2분의 1을, 경로당이나 복지회관을 찾아다니며 소일해야 하겠는가? 의학과 과학의 발달로 청장년 못지않은 정신과 육체를 소유한 상태에서?

이제 막 한 분야에서 달인이 될 만큼 경력을 쌓는 순간, 조직은 우리를 가차 없이 퇴출시킨다. 마치 나이 들어 월급을 받는 것이 조직의 순환에 큰 걸림돌이라도 된다는 듯이. 때문에 우리는 제2의 인생을 준비해야 한다. 구본형 작가의 말에 의하면 그건 '식물의 삶'이다.

직장인들은 50살이면 퇴직이다. 인생의 시간으로 보면, 정오에 직장의 문을 나서야 하는 것이다. 일하며 지내던 인생의 오전을 마치고 신나는 인생의 오후를 시작하게 되었으니 즐거운 일이다. 그런데 그게 아니다. 수많은 직장인들은 인생의 오후를 위한 아젠다를 가지고 있지 않다. 신나야 할 인생의 오후가 텅비어 있는 것이다. (…) 동물은 다른 것들을 죽여서 먹고 살아가도록 운명 지어져 있다. 사람도 그렇다. 일생일대의 전환이 필요하다면 정오가 지나기 전인 바로 지금이다. 동물의 삶에서 식물의 삶으로 전환할 수 있어야 한다. 다른 것들에 의존하지 않고 홀로 먹고살고 즐길 수 있는 독립생활자의 삶의 방식으로 스스로를 혁명해야 한다.

- 구본형,《1인 회사》추천의 글 중에서

그렇다. 1인 회사의 주인으로 산다는 것은 바로 독립생활자의 삶의 방식으로 스스로를 혁명하는 길이다. 우리는 그동안 우리를 너무 홀대해왔다. 새로운 삶을 위해 자기로부터 혁명하는 것. 이제 그 첫발을 내딛어야 할 시간이 왔다. 수희향 씨의 말처럼.

제2의 인생을 시작하기에 앞서 자신 안으로 고요히 침잠해 들어가, 내가 진정으로 원하는 삶은 무엇인지 물어봐줄 필요가 있다. 적어도 긴 인생에서 너무 지치기 전에, 너무 늦기 전에 한 번쯤은 스스로를 그리 예우해주어야 하는 것 아닐까.

제2의 인생은 스스로가 주인이 되는 '지식기업가=1인 회사' 자체
가 되어 살아가야 한다. '1인 회사'가 되려면 어떻게 해야 할까? 먼
저 자신의 성격과 기질을 파악해야 하며, 그에 맞는 꿈을 찾아야
하고, 자신의 꿈에 부합하는 천직이 얼마나 시장성이 있는지 검토
해야 한다. 그리고 천직을 위해 새벽 시간이라도 쪼개어 수련을 해
야 한다. 그다음 최소한의 생존 경비를 마련하고, 다양한 수입 선을
확보한 뒤, 멘토를 만나고, 커뮤니티 활동 등을 통해 마케팅 전략을
구현해야 한다. 마지막으로 수희향 씨는 '진정으로 원하는 삶'을
살기 위한 과정의 하나로 글쓰기를 추천한다. 마흔에 접한 글쓰기
에 대해 그는 내게 이렇게 말했다.

"그때 만난 글쓰기란 내게 청춘의 끝이자 하나의 존재로 성장해가
는 시작을 위한 통과의식과도 같았어요. 지금 돌아보니 조셉 캠벨을
통해서, 그리고 구본형 선생님을 통해서 배웠던 자기순환의 통과의례
가 바로 이것이 아니었나 싶어요. 그 과정을 통해서 내면의 자아를 많
이 쏟아냈고 쏟아낸 만큼 많이 자유로워진 것 같아요. 숨쉬기가 훨씬
편해졌으니까요.

다들 책을 내고 싶어하는데 책을 내려면 반드시 자신과 만나되, 특
히 글을 통해 만나는 과정을 거쳐야 비로소 자신의 이름으로 된 책을
낼 수 있음을 간과하는 것 같아요. 글을 통해 자신을 만나는 과정을
혹독히 거치고 나면, 외부의 바람에 좀 덜 흔들리며 남은 시간을 걸어

갈 수 있으리라 믿습니다.

　마흔의 글쓰기는 제 안의 심연 가장 깊은 곳으로 내려가 본연의 저를 만나 그 모습을 수면 위로 끌어올리며 깊은 인생의 길로 접어들기 시작한 터닝 포인트였던 것 같아요. 제게 마흔의 글쓰기는 곧 내면의 성장입니다."

쓰다 보면 인생에 의미 없는 순간이 없더라

- 방송과 출판을 누비며 활약하는 임선경 씨

임선경 씨는 명문 여대 신문방송학과를 졸업하고 TV 드라마 작가로 활동했다. KBS 청소년 드라마 〈신세대 보고 어른들은 몰라요〉, MBC 추석특집 드라마 〈누리야 누리야 뭐하니〉, KBS 휴먼 다큐멘터리 〈이것이 인생이다〉, KBS 주간 단막극 〈부부클리닉 사랑과 전쟁〉 등을 썼다.

드라마 작가로 활동하면서 동시에 여러 권의 책을 내기도 했다. 두 아이의 엄마이기도 한 임씨는 아이들 영양식에 대한 보고서《징 그럽게 안 먹는 우리 아이 밥 먹이기》를 시작으로 임신과 출산에 대한 에세이집《아내가 임신했다》등 여러 권의 책을 썼다.

〈부부클리닉 사랑과 전쟁〉은 평균 시청률 20퍼센트를 유지하는 스테디 드라마다. 여기에는 이런저런 이유로 이혼을 하려는 커플들이 등장한다. 임씨는 이 드라마를 쓰기 위해 이혼 법정을 드나들면서 수백 건의 이혼 사례를 수집하기도 했다. 술만 마시면 아내를 때리는 남자, 춤바람이 진짜 바람으로 커버린 여자, 모든 일에 "엄마, 엄마" 하는 마마보이, 신랑의 인격이나 가능성보다 시댁의 재산이 중요했던 신부, 다양한 외도들, 무능력한 남자, 불감증인 여자 등등.

이 드라마를 쓸 때 모은 자료와 자신의 취재 경험을 살려 임선경 작가는 연애에 대한 깨알 같은 조언을 모은 《연애 과외》를 펴내기도 했다. 이 책은 꽤 호응을 얻었고 대만에 번역, 수출되기까지 했다.

어떤 소재든 한 권의 책으로 엮어내는 데 탁월한 능력이 있는 임선경 씨는 방송과 출판 양쪽에서 현재 활발히 활동하고 있다. 고맙게도 그녀는 '마흔의 글쓰기'에 대해 직접 글을 써서 내게 보냈다. (내가 강요성 부탁을 한 것은 절대 아니라고 자신 있게 말할 수 있는 입장인 것만은 결코 아닌 것 같기도 하다…)

임선경 작가가 쓴 '마흔의 글쓰기'는 딱히 마흔이라는 나이에 구애받지 않는 글쓰기의 보편적 치유력에 대한 내용이다. 그녀의 글을 전재한다.

어떤 인생도 글쓰기에는 약이 된다

대학을 졸업한 뒤 취직이 안 되어 백수로 지내던 시절이 있었다. 참 힘들었다. 자려고 누우면 천장이 가슴을 짓눌러오는 것 같아 잠들 수가 없었다. 아침에 눈을 뜨면 창으로 들어오는 햇살이 가슴을 찌르는 것 같이 아팠다. 일어나도 갈 데가 없었고 무엇보다 돈이 없었다. 졸업도 한 마당에 부모님께 계속 경제적 지원을 요구하는 건 염치없는 일이었다. 집을 떠나 혼자 살고 있던 시절이었기 때문에 돈이 없다는 것은 생존을 위협하는 문제였다. 차비가 없어서 이력서를 내러 밖에 나갈 수가 없었고 샴푸가 떨어져서 빨래비누로 감은 머리카락은 사방으로 뻗쳤다. 먹을 것이 없어서 굶기도 했다. 점심에 라면을 끓여 건더기만 건져 먹고 국물은 남겼다가 저녁엔 그 국물에 밥을 말아 먹는 날도 있었다. 이력서를 내고 시험을 치는 족족 취업에 실패하면서 자존감은 땅에 떨어졌다. 엎친 데 덮친다고 그 즈음에 너무나 가슴 아픈 실연을 했다. 한마디로 죽고 싶은 날들이었다.

어느 날 밤, 잠이 안 와 뒤척이다 나도 모르게 눈물이 났다. 내일 일어나 할 일이 없으니 자는 일도 의미가 없었다. 일어나 앉아 대성통곡을 했다. 괴로움에 몸부림쳤다. 이래서 자살이라는 걸 하는구나, 죽으면 어떻게 될까 구체적으로도 생각해보았다.

글을 썼다. 유서라도 써야 사람들이 날 알아줄 것 같았다. 얼마나 힘든지, 얼마나 가슴 아픈지, 얼마나 외로운지, 얼마나 고통스러운지,

얼마나 살고 싶지 않은지.

글을 쓰다 보니 나의 괴로움이 내 속에서 빠져나와 내 눈앞에 놓였다. 쓰려면 생각해야 한다. 쓰려면 관찰해야 한다. 내 괴로움에 대해 쓰려면 그 속에 빠져 허우적대는 대신에 내 눈앞에 갖다놓고 요모조모 뜯어봐야 한다. 일이 이러저러하게 되어서 내가 이렇게까지 되었다고 쓰려니 저절로 인과관계, 개연성을 따지게 되었다. '가만있자, 이건 좀 오버인데? 응? 이건 그거랑 아무 상관없는 일이잖아.'

글을 쓰면서 자신이 객관화되는 경험을 하게 된 것이다. 자기에 대해 글을 쓰면 자기를 바라보게 된다. 바라보면 보인다. 어려운 상황을 과장하는 모습, 더 극한 감정으로 자신을 몰아붙이는 모습, 주변 사람의 관심을 끌고 싶어서 더 괴로워하는 모습, 먹지도 않고 씻지도 않고 청소도 하지 않고 누워 뒹굴며 자신이 안쓰러워 어쩔 줄 모르는 모습이 보인다. 감정이 객관화되고 나면 진정이 된다. 그제야 비로소 '그럼 이제 어떻게 할까?' 하는 생각을 이성적으로 하게 된다.

배우들도 비슷한 이야기를 한다. 못 견디게 슬픈 일이 있어서 울다가도 '가만, 이런 감정일 때는 어떤 표정이 나오지?' 하며 거울을 본단다. 노래를 만드는 사람도 감정이 가시기 전에 얼른 건반 앞에 앉거나 떠오르는 멜로디를 휴대폰에 녹음한다고 한다. 그러면서 자기의 감정을 객관화한다.

자신의 일일 때는 작은 일도 못 견딜 만큼 괴롭다. 다른 사람 팔다리 잘린 것보다 내 손톱 밑의 가시가 더 아픈 게 당연하다. 그렇지만 팔다리 잘린 사람과 손톱 밑에 가시 박힌 사람을 밖에서 바라보는 입장에 서면 가시 때문에 쩔쩔매는 사람은 우스워 보인다. 그리고 해결책도 쉽게 보인다(족집게로 가시를 뽑으란 말이야!).

글을 쓰면 다른 사람도 바라보게 된다. 보여야 쓸 수 있다. 가족도 바라보고 친구도 바라본다. 주변 사람들을 가만히 관찰하다 보면 그들이 좀 더 입체적으로 보인다. 왜 그런 행동을 하는지, 왜 그런 어이없는 말로 사람 염장을 지르는지, 왜 사사건건 시비를 걸며 나를 복장 터지게 하는지 그 사람을 총체적으로 바라보고 느끼고 이해하려는 노력을 하게 되는 것이다. 그러면 상처도 덜 받는다. '정말 이상한 사람이야, 대체 나한테 왜 그러는 거야?' 하는 대신에 그 사람의 입장에서 좀 더 생각해보게 된다. 글을 쓰면 그 사람은 내 글의 등장인물이 되기 때문이다. 이해가 안 되면 상상이라도 한다. '아, 저 사람은 어린 시절에 이런 트라우마가 있었을 거야. 어젯밤에 남편이랑 한바탕한 화가 아직 남아 있는 모양인걸?' 등장인물이라고 생각하면 얼마든지 애정을 가지고 대할 수 있다. 도저히 그럴 수 없다면 내 글 속에 싫은 사람을 등장시켜 실컷 욕하고 미워하면 그만이다. 실제 모델이 있으니 인물이 생생하게 살아 있는 글이 나올 것이다.

글을 쓰면 인생에 의미 없는 순간이 없다. 불행도 불운도 무기력도 헛발질도 글쓰기의 소재가 된다. 살면서 겪는 일, 만나는 사람, 사소한 앎, 느낌. 모든 것이 다 글감이 된다.

사람이 살면서 낭비가 없을 수는 없다. 시간 들이고 돈 들이고 힘들여서 쓸데없는 짓을 할 때도 있다. 윗집 정미 씨는 아이들이 좀 크자 무어라도 해야겠다 싶어 공인중개사 시험에 도전했다. 생각보다 학원비는 비쌌고 공부는 어려웠지만 몇 달 동안이나 열심히 노력했다. 그동안 아이들은 과자로 간식을 때우고 집은 점점 너저분해지고 남편은 투덜거렸다. 정미 씨가 지쳐갈 무렵 때마침 시어머니가 덜컥 병원에 입원하게 되었고, 정미 씨는 공인중개사의 꿈을 접을 수밖에 없게 됐다. 그동안의 학원비, 교통비, 교잿값, 무엇보다 거기에 들인 시간과 노력을 생각하면 정미 씨는 울화가 치민다.

그러나 정미 씨가 글을 쓴다면? 정미 씨의 경험은 훌륭한 글감이다. 공인중개사가 되지는 못했지만 정미 씨는 공인중개사가 어떤 시험을 보는지, 어떤 공부를 하는지, 어떤 사람들이 거기에 도전하는지, 학원 분위기는 어떤지 알게 되었다. 정미 씨의 글에 부동산 사무소가 배경이 될 수도 있고 등장인물의 직업이 공인중개사가 될 수도 있는 것이다. 글쓴이의 직접 경험이니 생생한 묘사가 가능하다.

당연한 이야기로 실패도 글감이다. 운전면허 성공기를 쓸 수도 있지만 운전면허 실패기도 글이 된다. 사실은 운전면허 한 번에 붙은 사람보다 열두 번 떨어진 사람의 글이 더 재미있다.

내가 여태까지 해온 일들 중 가장 쓸데없는 일을 꼽아보자면 아마도 다이어트가 아닐까? 굳게 결심하고 한 보름 정도 고생해서 2킬로그램 정도 빼고 주말 폭식 한 번에 그 2킬로그램이 도로 쪄버려서 좌절. 다 포기하고 두어 달 막 살다가 체중계 위에 올라가서 깜짝 놀라고는 다시 다이어트. 그러다 또 실패하고. 그러기를 몇 년을 반복하다 보니 다이어트에 대해서 이론만은 전문가 못지않다. 다이어트의 종류, 다이어트에 목매는 사람들의 심리, 그 심리를 이용하는 다이어트 산업의 폐해에 대해서도 말할 수 있다. 경험한 사람만이 알 수 있는 디테일이 글에 진정성과 생기를 준다.

글쓰기는 내가 살아버린 인생, 살고 있는 인생에 의미를 준다. 한 사람이 길을 간다. 목적지도 중요하지만 길을 가면서 보는 나무, 풀, 도중에 만난 사람도 의미 있다. 가다가 길을 잘못 들어 샛길로 빠졌다가 다시 돌아온 경험도 소중하다. 길을 가다 지쳐서 잠시 앉아 쉴 때, 한 줄기 산들바람이 불었던 일. 글쓰기는 그 일을 기억하게 해준다.

지금도 나는 인생을 방황하는 중입니다

- 글쓰기로 충만한 행복을 느낀다는 황대진 씨

"글쓰기는 곧 사고의 확장입니다. 글을 쓰다 보면 생각이 깊어지고, 글과 내가 동반 상승하는 느낌이지요. 요즘 저는 행복한 충만감에 가득 차 있습니다."

황대진 씨는 직장에 다니지 않는다. 남들에게 내세울 만한 특별한 직업을 가지지 않았다. 도대체 그럼 뭐냐? 21세기 한국형 천민자본주의의 시각에서 보면 그는 영락없는 백수다. 그러나 내가 보기에 그는 순수함을 간직한 40대 사춘기 소년이고 기품을 간직한 선비다. 그는 도서관에 가서 책을 읽고, 고전을 탐독하고, 사색한다.

책을 좋아하는 친구들과 토론하는 일도 즐겨 한다. 황씨는 한마디로 '공부하는 사람'이다.

그는 대학을 졸업하고 영화사에 다녔다. 그게 직장 생활의 전부다. 20대 이후에는 여행을 하며 보냈다. 그러다 납치를 당해 몇 달 동안 동남아시아의 바다에서 진짜로 새우잡이 배를 탄 적도 있다. 이 말을 듣고 나는 직업적 버릇이 튀어나왔다.

"오, 그걸 글로 써보지 그래?"

"다시 생각하기 싫은 기억입니다."

"글로 써야 상처가 확실히 아무는데…."

"좀 더 시간이 지나면 써볼게요."

고된 노동의 기억 때문에 그때 이후로 새우는 쳐다보지도 않는단다. 황대진 씨는 오랜 여행에서 돌아와 마흔 즈음이 되어 동서양 고전을 읽고 글을 쓰기 시작했다. 이때부터 그의 인생이 바뀌었다.

"대학 때까지도 제가 말하는 것이나 글쓰기의 어휘 수준이 딱 초등생이었어요. 심하게 낯을 가렸고 내 생각을 쉽게 표현하지 못했습니다. 차라리 그림을 그려보라면 그게 더 쉬웠던 것 같아요. 하여간 말주변이 없으니 본의 아니게 오해도 사고, 왕따도 당했습니다. 그 뒤로는 웬만하면 입을 열지 않고 조용히 살았습니다."

뜻이 맞는 친구들과 함께 2011년에 《논어》부터 읽기 시작했다.

그 뒤 맹자, 노자, 장자를 비롯해 플라톤, 아리스토텔레스, 헤로도 토스, 마키아벨리, 루소 등 닥치는 대로 고전을 읽었다. 2012년 말부터는 글쓰기를 시작했다. 초등학교 다니던 시절 이후 처음으로 쓰는 글이었다. 그야말로 초등생 수준의 글이었다. 초등생에서 중고생, 그리고 대학생 수준의 글이 되기까지 딱 1년이 걸렸다.

"최근에야 본격적으로 내 생각을 글로 표현하기 시작했습니다. 그전까지는 일기든 뭐든 긴 글은 써보지 않았습니다. 인터넷 댓글도 딱한 줄, 단문에 그쳤지요. 전문적으로 수업도 받고 글쓰기를 하면서 저 스스로의 성장 속도에 놀라곤 합니다. 글쓰기 교실의 동료, 선생님들이 많은 도움이 됐습니다. 이제는 그림을 그리는 것보다 글로 표현하는 게 더 쉽네요. 나도 모르게 멋진 문장이 툭 튀어나올 때의 희열은… 말로 표현 못 합니다."

초등학교 졸업 이후로 글을 써보지 않았다는 황대진 씨의 최근 글을 올린다. 뛰어나게 잘 썼다거나 감동이 있어서 여기 싣는 것은 아니다. 다만, 일생 글쓰기를 멀리한 그가 '행복한 충만감에 가득 차서' 쓴 글이기에 가감 없이 올려본다. 황씨가 그랬던 것처럼, 자신의 인생이 글과 전혀 무관하다고 생각하는 독자들이 있다면 그의 글을 읽고 용기를 얻기 바란다.

행복은 배낭 무게와 비례한다

무거운 배낭을 들고 다니는 여행은 곤혹스럽다. 《티벳 사자의 서》
는 종이가 두껍고 무겁다. 난해한 문장들은 몇 번을 봐도 이해가 되지
않는다. 배낭 무게의 반을 차지하는 책은 발걸음도 무겁게 한다. 갠지
스 강에 도착하고 숙소로 향하고 있었다. 강 앞을 바라보는 여자를
발견했다. 내가 살면서 이렇게 예쁜 여자는 처음 봤을 것이다. 예쁘다
보다 아름답다고 표현하고 싶었다. 나는 넌지시 그녀에게 숙소를 물
어봤다. 여자는 친절히 나를 안내해주었다. 나는 속으로 미소를 지으
며 그녀를 따라갔다. 짐을 풀고 테라스로 그녀를 만나러 가봤다. 그런
데 그녀는 누군가와 함께 이야기를 나누고 있었다. 긴 머리와 긴 하관
이 어디서 본 듯한 남자였다. 시인 류시화였다.

그녀는 류시화의 아내였고 애까지 있는 유부녀였다. 황당하기도 하
지만 《티벳 사자의 서》를 번역한 류시화를 만나다니, 이런 행운이 어
디 있나! 마침 잘되었다 싶어서 책에 대한 궁금증을 랩을 하듯이 질문
을 쏟아내었다. 한참을 듣고 있는 류시화는 딱 한마디했다.

"나도 몰라."

"…"

난 커피를 벌컥벌컥 마시며 목을 축였다.

"아니, 선생님! 모르다니 말이 되나요? 번역하셨잖아요."

류시화는 말했다.

"티벳 갔을 때 언덕에서 하얀 모래들이 내 앞으로 우루루 떨어지더라고. 그걸 보면서 깨닫게 되더라. 내가 모르고 있었다는 거."

나는 이 사람이 뭔 소리 하는 거야 하고 속으로 생각했다. 그때 어디서 많이 듣던 목소리가 들렸다. 멀리서 나에게로 다가오는 중년의 여자분, 탤런트 김혜자 씨였다. 나는 벌떡 일어나서 인사를 드렸다.

"아니, 김혜자 아줌마. 여기 웬일이세요!"

"젊은 친구, 혼자 여행 오셨어요?"

알고 보니 김혜자 님과 류시화 님은 서로 알고 지내는 사이였다. 류시화 님의 아내는 눈에 들어오지도 않았다. 연예인과 마주앉아서 얘기하는 것이 처음이었다. 입을 벌리고 김혜자 님의 웃는 얼굴을 쳐다봤다. 염화미소가 저것이 아닐까 싶었다.

밤의 갠지스 강, 잎사귀 위에 초를 얹어 띄우는 의식이 시작되었다. 별빛과 강 위에 떠 있는 수많은 촛불. 공간 전체가 의식을 행하는 것 같다. 나와 류시화 님은 초를 108개를 사서 보트를 빌렸다. 사두 한 명도 섭외했다. 김혜자 님을 포함해 네 명은 갠지스 강 중앙으로 노를 저었다. 잎 위에 초를 100개 띄우기 시작하고 사두가 북을 치며 노래를 부른다. 모두가 말이 없다. 아니 말이 없는 편이 좋다. 각자 마음속으로 대화가 가능했다.

떠나는 날, 짐을 꾸리고 류시화 님과 김혜자 님에게 인사를 드렸다. 아무 말 없이 포켓 속에서 돈뭉치를 꺼내 나에게 준다.

"여행 잘해. 너는 무언가 얻을 준비가 되어 있어. 그걸로 충분해."

가난한 배낭 여행자에게 큰돈이었다. 그러나 돈보다 비할 수 없는 가치를 얻었다. 나는 위버멘쉬*를 찾아다녔다. 나의 답답한 마음을 풀어줄 초인이 저 높은 어딘가에 있으리라 생각했다. 무공이 높은 고수는 산에서 주장자를 들고 위엄 있게 있는 줄 알았다. 먹지도 자지도 않는 초월적 존재로 생각했다. 류시화 님의 정직함, 김혜자 님의 미소를 보았을 때 나는 고개를 끄덕였다. 나는 《티벳 사자의 서》를 숙소 책꽂이에 꽂아놓고 떠났다. 배낭의 무게는 한결 가볍다. 희망의 바람이 분다.

* 위버멘쉬Übermensch : 니체의 《차라투스투라는 이렇게 말했다》에 나오는 개념. 초인.

그렇다고 정말로 회사를 그만두다니!

– 직장인에서 전업 작가로 변신한 차무진 씨

"선생님! 저 책 계약했어요!"

2008년의 어느 날, 나는 이런 전화를 받았다. 제자 중 한 사람인 차무진 씨였다. 며칠 뒤 그는 또 전화를 했다.

"선생님! 저 회사 그만뒀어요!"

차씨는 국내 굴지의 게임회사 그래픽팀장으로 일하고 있었다. 나는 물었다.

"아니, 왜?"

"선생님이 그러셨잖아요. 글을 제대로 쓰려면 직장을 그만두어야 한다고."

"헉!"

며칠 전, 나는 회사에 다니면서 어렵게 글을 쓰는, 그러면서 그 글을 모아 한 권의 책을 내려는 야무진 소망을 가진 수강생들을 상대로 일장 연설을 한 적이 있었다.

"소설가 지망생들이나 시나리오를 쓰려는 사람들은 아예 다른 직업을 가질 생각을 하지 않습니다. 그들은 오로지 먹고 읽고 쓰며 작가를 꿈꿉니다. (물론 다 그런 건 아니지만.) 그런데 자신이 쓴 글로 한 권의 책을 내겠다는 여러분은 회사에 다니면서, 회식할 거 다 하면서 작가 타이틀을 달겠다고 합니다. 이게 말이 되나요? 에세이가 됐든, 정보서가 됐든 진짜 책을 쓰고 싶다면 회사를 때려 치우세요!"

차무진 씨는 선생 말을 너무 충실하게 듣고 곧이곧대로 실천했다. 나는 경악했다. 다음 날, 차씨가 나를 찾아왔다. '당신 말대로 직장을 버렸으니 이젠 날 책임져'라는 눈빛이었다. 내가 말했다.

"이 사람아! 책 한 권 계약했다고 회사를 그만두면 어떻게 해!"

"책 내서 잘 팔리면 되잖아요?"

"책은 내기만 하면 팔린데?"

"아닌가요?"

어이쿠…. 이 순진한 친구를 어떻게 해야 한다? 차씨는 갓 태어난 아이가 있었고, 부인은 전업 주부였다. 갑자기, 직장을 그만두고 프리로 살겠다고 까불던 20년 전의 내가 생각났다. 그때 내겐 다행히 아이도 없었고, 아내는 착실히 월급을 타오고 있었다. 그럼에도 몇 년 동안 벌이가 없었던 나는 참 쓸쓸하게 지냈다. 아내에게 용돈을 타 쓰면서….

차무진 씨는 용돈을 타 쓸 수도 없다. 금방 나올 것 같던 책의 출간이 몇 개월씩 연기되면서 그는 꽤 어려워했다. 정작 책이 나올 무렵, 그는 다시 회사로 돌아갔다. 얼마나 자존심이 상했을까? 잘난 척하면서 사표를 쓰고 나온 회사에 고개 숙이고 귀환한다는 건 아마도 제대한 군대를 다시 가는 심정이었으리라. 하나 어쩌랴? 아이는 커가고 그에 따라 씀씀이도 커지는 것을.

차씨를 괴롭혔던 것은, 한 번 박차고 나간 회사에 다시 돌아와 일해야 한다는 것이 아니었다. 쓰고 싶은 글을 맘대로 쓰지 못하는 것이었다. 그는 결국 6개월 만에 다시 회사에 사표를 던졌고 부지런히 글을 썼다. 그것도 소설을.《김유신의 머리일까?》라는 제목의 역사 스릴러 작품을 몇 군데 출판사에 보냈지만 계약은 쉽게 이뤄지지 않았다. 이 원고를 차씨가 제본 상태로 만들어 보따리 장수처럼 내게 들고 왔던 겨울날은 찬바람이 몹시 불었다. 제본을 받아든 나는 차 작가에게 따뜻한 커피를 권했다. 뜨거운 커피가 목으로 넘어갈 때, 나도 차 작가도 아무 말 없었다. 마음속으로 울고 있었기 때문이다.

내가 쓴 원고가 세상의 인정을 받지 못할 때, 마치 내가 낳은 자식이 세상 사람들의 무관심 속에 방치되는 듯한 심정이 된다. 나도 차 작가처럼 원고를 제본해서 들고 여기저기 찾아다닌 적이 있다.

내가 쓴 글을 알아줄 사람을 만나기 위해 찬바람 부는 거리를 나선 적이 있다. 누가 오라고 한 것도 아니었고, 갈 곳을 정하고 길을 나선 것도 아니었다. 그렇다고 집에 앉아 있으면 누가 이 글을 알아주겠는가? 그저 우는 아이를 뒤로 하고 오늘 하루의 일용직 일거리를 구하기 위해 집을 나서는 아비처럼, 세상의 무명작가들은 오늘도 원고를 싸들고 거리로 나선다.

제본된 글 보따리를 들고 골목 한 모퉁이에 서서 식은 빵을 먹어보지 못한 사람은 입 다물라. 지금이 어떤 세상인데 일일이 출판사를 찾아다니느냐고, 왜 인터넷이나 SNS의 힘을 빌리지 않느냐고, 페북이나 블로그만 잘 만들어도 책 한 권 낸다고 말하지 마라. 왜 이메일로 보내지 않고 직접 사람을 찾아가느냐는 어리석은 질문도 하지 마라. 죽어가는 아이를 살리기 위해 이메일로 의사에게 문의하는 아비가 있는가? 아비는 오직 아이를 들쳐 업고 병원으로 뛰어갈 뿐이다. 죽어가는 글을 살리기 위해 작가는 오직 원고를 싸들고 출판사로 달려갈 뿐이다. 그렇게 달려간 출판사 관계자에게 "곤란하다"는 말을 듣고 돌아서서 눈시울이 뜨거워져 보지 않았다면, 이 무모한 작가들을 욕하지 말라. 우리는 다만 못난 아비들일 뿐이다.

난산 끝에 《김유신의 머리일까?》는 끌레마 출판사에 의해 출간됐다. 《김유신의 머리일까?》는 고도의 지적 유희를 요하는 장편 소설이다. 1932년 경주에서 의문의 관이 발견된다. 그 안에 머리 미라가 들어 있었는데 그에 대한 기록이 《삼국유사》에 실려 있다. 의문의 관과 미라에 대한 연구가 현대에 재개되면서 살인과 판타지, 현실과 역사는 교차 편집된다. 이 책은 읽는 재미를 선사하는 탁월한 스릴러 판타지다.

"역사와 허구를 절묘하게 넘나들면서 김유신 묘의 진실과 거짓에 관한 논란을 긴박감 넘치게 파헤쳐가고 있다. 특히《삼국유사》를 분해할 뿐 아니라, 창의적으로 재해석하여 그 속에 숨겨진 살인 코드를 발견해낸다.《삼국유사》를 근거로 머리 미라의 주인이 김유신이며, 그가 가야인을 위해 쿠테타를 일으켜 김춘추의 명령으로 살해당했다는 놀라운 해석을 던지고 있다. 정교한 복선과 충격적 반전을 통해 긴장을 놓지 못하게 만든다(출처는 네이버 서평)."

정말 그랬다. 나는 이 책을 순식간에 읽었다. 그리고 마지막 페이지를 읽으며 "악!" 소리를 냈다. 끝까지 전율하게 만드는 마법 같은 책이었다. 책을 내고 나서 차 작가는 영화화 제의도 받았다(영화로 만들어지지는 못했다). 출간된 지 며칠 만에 2쇄를 찍기도 했다. 그러나 그 이상의 탄력을 받지 못한 게 참 아쉽다.

차 작가는 그 이후 아동 역사물도 쓰고, 동화책도 그리면서 전업 작가의 길을 가고 있다. 그는 가능성 많은 작가다. 좋은 글을 쓰기 위한 과정 자체를 즐기는 사람이다. 언젠가 그는 이렇게 말했다.

"새로운 글을 쓰기 위한 재료를 논문에서 많이 얻는 편이예요. 도서관에 파묻혀서 이런저런 논문을 뒤질 때가 제일 행복해요. 이걸로는

이런 글을 쓰면 좋겠다, 저걸로는 이렇게 형상화하면 되겠다, 이 논문
과 저 논문을 섞으면 또 한 권의 멋진 소설이 되겠다⋯, 이런 상상 속
에 자료를 뒤지다 보면 시간이 금방 가지요."

아마도 글을 쓰는 사람들은, 저 빠르게 흐르는 시간에 몰입하기
위해 현재의 시간을 견뎌내는지도 모른다. 현재진행형이자 무한한
가능태의 작가인 차무진 씨가 멋진 소설로 다시 세상을 놀라게 할
날이 오길 바란다.

회사를 관찰하는 사람

스머프, 미국 NBC에서 1980년대에 인기리에 방영된 방송 프로그램의 주인공이다. 영화 〈아바타〉에 나오는 판도라 행성의 '나비족'처럼 파란 피부에 무지 작은 키, 하얀색 잠옷 모자와 레깅스로 상의 실종 패션을 보여주는 친구다. 이 친구의 특징은 사실 외모보다는 짧고 독특한 말투에 있다. 상대방이 무슨 말을 했든 관계없다. 그저 투덜대는 게 일상이다. 그의 대사는 언제나 딱 하나다. "난 싫어!"

나 역시 스머프였다. 정확히 말하자면 '스머프 병'에 걸려 있었다. 40년 이상을.

스머프 병? 한마디로 말해서 '좋은 것을 좋다고 말하지 못하는' 병이다. 세상의 모든 것을 삐딱하게 보는, 그리고 그것을 말로 표현하는 병. 그렇게 부정적인 말을 입에 달고 살면서도 정작 내가 무슨 잘못을 했는지 알지 못하는 최악의 병. 아, 반대로 하는 것은 잘했다. '상대방의 나쁜 점을 콕 집어 말하는' 능력은 최고 수준이었다. 이걸 능력이라고 해야 하나?

다른 사람의 행동을 부정적으로 바라보고, 누군가가 나에게 호의를 베풀어도 받을 줄 모르며, 남이 잘 되는 것을 시기하고 질투해 나쁜 점을 말하면서 나는 도대체 무엇을 얻었는가? 얻은 거, 있다. 바로 감정적 낭비. 그리고 타인과 멀어져가는 '자체 왕따 시스템'의 구축. 그렇다. 나는 왕따였다. 조직에서, 가정에서, 심지어는 사랑을 나눠야 할 연인관계에서조차 나는 왕따였다.

김범준 씨가 그의 책《약이 되는 칭찬, 독이 되는 칭찬》의 서문에 쓴 고해성사다. 결혼해서 아이가 셋이나 있는 저자가 '사랑을 나눠야 할 연인관계에서조차 나는 왕따'라고 고백했다. 위험한 발언이라는 주위의 지적에 나는 그의 편을 드느라 '왕따다'가 아니라 '왕따였다'라는 과거형에 주목하라고 했다. 그는 "내가 그렇게 썼느냐?"고 의아해했다. 나는 그에게 책을 보여줬다.

"이럴 수가. 나는 이런 글을 쓴 적이 없어요." 그가 잡아뗐다.

"그럼 도대체 이 책은 누가 썼단 말이에요?" 누가 물었다.

"아마도 이건… 여기 앉아 있는 자연인 김범준이 아니라, 한없이 자유롭고 가벼운 저자 김범준이 썼을 거예요."

"말도 안 돼!"

"말 되요. 자연인 김범준과 저자 김범준은 다른 거예요. 나는 늘 그 사실을 사람들에게 주지시켜요. 예를 들어 내가 화가라고 쳐요. 내가 그림을 그릴 때마다 아내가 '이 여자는 누구야?', '여기 이 여잔 왜 누드로 그렸어?', '이 남자는 자기를 상징할 테고, 그 옆에 누운 여자는 언제 사귄 여자야?'라고 일일이 묻는다 쳐요. 그럼 내가 작품을 그릴 수 있겠어요, 없겠어요?"

결혼한 여성인 수강생 희주 씨가 물었다.

"아니 그런데, 하고 많은 그림 중에 왜 여자만 그려요? 그것도 누드를? 산이나 강 같은 걸 그려봐요. 아니면 사과나 귤 같은 걸 그리거나."

"정물화 따위를 그리고 있으라는 말입니까? 나는 인물화가 좋다고요!"

"그러니까 부인한테 혼나지."

여자들은 희주 씨 편을 들었고 남자들은 범준 씨 편을 들었다. 나는 조용히 있었다. 대체로 작가의 부인이란 작가의 작품 내용보다는 인세 입금에 더 신경을 쓰는 존재다. 내 아내가 그렇다는 얘기는 아니다. 내 아내는 국내 명문 사립대를 졸업한 재색 겸비의 엘리트였는데 어느 날 실수로 나를 만났다. 내가 지은 사랑의 시를 받아 본 뒤, 세상에서 글을 제일 잘 쓰는 사람이 나인 줄로 착각하고

무한 스폰서를 자청했다. 나는 그녀의 광신을 빌미로 '작가적 권리'
는 누리되 '가장적 의무'는 망각한 10년 세월을 보냈다. (그때가 좋았
다.) 아이가 태어나고 나서 나는 철저히 생계형 작가로 변신했다. 이
자리를 빌려 어려운 시절 나를 지지해주신 고혜정 님께 머리 숙여
감사를 드린다. (아, 참 먹고 살기 힘들다….)

　김범준 작가의 변론은 전적으로 옳다. '글을 쓸 때의 자아와 자
연인 자아는 다르다'는 것. 나는 《몸으로 책읽기》라는 책에서 질펀
한 연애 추억을 고백하기도 하고, 《연애에 말걸기》라는 책에 다양
한 사랑 경험을 담기도 했다. 이 책이 원고 상태였을 때, 담당 편집
자가 놀라서 전화를 했다.

　"저, 작가님…, 이거 괜찮으시겠어요?"

　"뭐가요?"

　"혹 사모님이 보시면….'

　"안 봐요."

　"네?"

　"우리 아내는 제 책 안 봐요."

　"아… 네. 다행(!)이네요."

　편집자는 아마도 몰랐나 보다. 글을 쓸 때의 명로진과 자연인 명
로진이 다르다는 사실을. 연애 이야기 속의 '나'는 지금 여기 앉아
밥을 먹고 화장실에 가는 '나'가 아니라는 사실을. 글을 쓸 때의 존

재와 생활할 때의 존재는 전혀 별개라는 것을.

이걸 단순한 변명이나 허풍으로 듣는다면, 예술에 대한 깊은 이해가 부족한 탓이다. 나는 작가이면서 배우이기도 하다. 작가와 배우는 공통점이 많다. 그중 가장 큰 것은 두 직업 모두 '사람 관찰자'이어야 한다는 점이다. 노인 역을 하기 위해서는 노인을 관찰해야 하고, 미친 사람 역을 맡으면 정신병원에 가서 환자들을 관찰해야 한다. 한때 게이 역할을 한 적이 있는데 게이 친구와 몇 달 동안 숙식을 함께 하기도 했다. 춤 선생 역을 위해 춤을 배우고, 검도 장면 촬영을 위해 검도를 배우고, 승려 역을 위해 조계사에서 실제로 삭발식을 하고 머리를 깎기도 했다.

작가는 결국 사람에 대해 쓰는 사람이다. 사람에 대해 쓰기 위해 그는 세심하고 면밀하게 사람을 관찰해야 한다. 그렇게 관찰한 것들을 바탕으로 뭔가를 쓸 때, 그는 그가 아니다. 평범하고 일상적인 그를 초월한 존재가 된다. 마치 광인狂人 역을 할 때의 내가 내가 아니듯, 동성애자 역을 할 때의 명로진이 명로진이 아니듯, 뭔가를 쓸 때 역시 나는 내가 아닌 것이다.

다른 사람들이 보는 나, 다른 사람들에게 보여지는 나, 심지어 내가 나라고 믿고 있는 나는 내가 아니다. 온전한 내가 100이라면 앞의 세 가지 경우의 수를 가진 나는 겨우 3인 나밖에 안 된다. 내 안에는 아버지이자 남편이자 아들인 내가 있지만 미친놈인 내가 있고, 동성애자인 내가 있고, 춤바람 난 내가 있다. 배우일 때 내 안에

감춰진 또 다른 나를 꺼내 쓰듯이, 작가일 때 역시 내 안에 숨어 있는 타자적 자아를 불러 쓰는 것이다. 그러므로 김범준 씨가 "내가 언제 그런 글을 썼던가?" 하고 되묻는 건 진실이다.

김범준 작가의 명함에는 '회사 관찰자'라는 타이틀이 새겨져 있다. 무슨 기업 팀장, 조직이나 단체명, 직위 같은 것은 눈에 띄지 않는다. 다만 자신이 쓴 책 제목을 인쇄해놨을 뿐이다. 이 명함은 옳다. 물론 그는 국내 굴지의 대기업 영업팀장이다. SK, 삼성을 거쳐 LG 그룹에서 일하고 있다. 세 아이의 아빠고 남편이고 누군가의 아들이다. 그러나 그는 출판사 관계자들이나 글과 관련된 사람들을 만날 때는 '회사 관찰자'라는 이름이 새겨진 명함을 내민다. 그는 회사와 비즈니스를 관찰하면서 회사나 조직에서 일어나는 문제에 관심을 가지는 사람이다. 더불어 자신이 관심을 갖고 있는 소통과 커뮤니케이션에 대해 글을 쓰고 책으로 내는 사람이다.

김범준 작가는 2011년에 직장인들의 커뮤니케이션에 대한 담론 《회사어로 말하라》를 생애 최초의 책으로 상재上梓했다. 이 책은 순식간에 10쇄 가까이 발매되며 직장인들의 열렬한 지지를 받았다. 첫 책으로 3만 부 판매라는 기록을 세운 김 작가는 당당히 소통전문가로 인정받았다. 출판계에서 이런 그를 가만 놔둘 리 없었다. 그는 연달아 《남자어로 말하라》, 《약이 되는 칭찬, 독이 되는 칭찬》 등을 내놓으면서 참신한 자기계발서 저자로 떠올랐다. 그는 늘 쓸

거리를 찾고, 늘 쓰고 있다. 회사에 다니면서 언제 그렇게 책을 읽고 쓰는지 의심스러울 정도다.

> "주말에 일부러 기차를 탑니다. 누구에게도 방해받지 않는 나만의 집필 시간을 확보하기 위해서지요. 노트북 하나 들고 경춘선을 타는 겁니다. 오가면서 글을 쓰는 거죠. 용산에서 춘천까지 가는 데 1시간 10분 걸려요. 춘천에 내려서 막국수 한 그릇 먹고 카페에 들어가 2시간 정도 글을 쓰고 다시 돌아옵니다. 합해서 4시간 20분 동안 글을 쓸 수 있어요. 생각보다 긴 시간이고, 꽤 많이 쓸 수 있어요."

나는 가끔 김범준 씨처럼 글 쓰는 시간이 필요한 제자들을 모아 글쓰기 모임을 갖는다. 주말에 적당한 모임 공간을 빌려서 4시간 동안 글을 쓰는 것이다. 집필 모임에 참가하는 사람들은 노트북을 가져와 50분 집필, 10분 휴식, 이렇게 네 번 정도 무작정 쓴다. 실내에는 자판을 두드리는 소리만 들린다. 마치 고3 때 야간 자율학습 분위기다. 알람을 맞춰놓고 글을 쓴다. 어느덧 50분이 지나 종소리가 울리면, 쉬는 시간을 맞이한 고등학생들처럼 모여서 수다를 떨거나 기지개를 켠다. 커피를 마시는 사람도 있고 엎드려 자는 사람도 있다.

4시간의 집필 모임이 끝나면 토요일 밤이 된다. 우린 근처의 고깃집으로 뒤풀이를 가서 허기를 채운다. "머리를 썼는데 왜 배가 고

풀까?", "4시간 동안 공부했더니 지친다", "고등학교 때 이렇게 공부했으면 서울대 갔겠다" 등등의 멘트를 날리며 소맥 한 잔과 갈빗살로 배를 채운다. 김범준 작가는 이 모임의 단골 멤버다.

"회사는 계속 다닐 겁니다. 이 자리까지 오는 것도 쉽지 않았으니까요. 안정적 월급만치 중독적인 게 있을까요? 현실적으로 생각해볼 때, 가장인 저로서는 직장이 든든한 삶의 배경이 됩니다."

이건 자연인 김범준 씨의 말이다.

"하지만 글쓰기도 계속 할 겁니다. 남들은 '언제 글을 쓰느냐'고 묻는데 사실 글을 쓸 때 많은 에너지가 들어요. 짧은 시간에 엄청난 에너지가 필요한데, 글을 쓸 때 나도 모르게 그런 에너지가 나오는 것 같아요. 나도 모르는 나. 앞으로 이걸 계속 느끼면서 살아가고 싶어요."

이건 작가 김범준 씨가 한 말이다.

5장

명문을 통한 치유의 시간

시는 글의 영원한 오아시스

쓰는 즐거움

- 비스와바 쉼보르스카

이미 종이 위에 씌어진 숲을 가로질러

이미 종이 위에 씌어진 노루는 어디로 달려가고 있는가?

자신의 입술을 고스란히 투영하는 투사지 위에 씌어진 옹달샘,

그곳에서 이미 씌어진 물을 마시러?

왜 노루는 갑자기 머리를 쳐들었을까?

무슨 소리라도 들렸나?

현실에서 빌려온 네 다리를 딛고서

내 손끝 아래서 귀를 쫑긋 세우고 있다.

"고요" 이 단어가 종이 위에서 바스락대면서

"숲"이라는 낱말에서 뻗어나온 나뭇가지를

이리저리 흔들어 놓는다.

하얀 종이 위에 도약을 위해 웅크리고 있는 글자들,

혹시라도 잘못 연결될 수도 있고,

나중에는 구제불능이 될 수도 있는,

겹겹으로 둘러싸인 문장들.

잉크 한 방울, 한 방울 속에는

꽤 많은 여분의 사냥꾼들이 눈을 가늘게 뜬 채 숨어 있다.

그들은 언제라도 가파른 만년필을 따라 종이 위로 뛰어 내려가

사슴을 포위하고, 방아쇠를 당길 만반의 준비가 되어 있다.

사냥꾼들은 이것이 진짜 인생이 아니라는 걸 잊은 듯하다.

여기에서는 흑백이 분명한, 전혀 다른 법체제가 지배하고 있다.

눈 깜짝할 순간이 내가 원하는 만큼 길어질 수도 있고,

총알이 유영하는 찰나적 순간이 미소한 영겁으로 쪼개질 수도 있다.

만약 내가 명령만 내리면 이곳에서 영원히

아무 일도 일어나지 않으리라.

내 허락 없이는 나뭇잎 하나도 함부로 떨어지지 않을 테고,

말발굽 아래 풀잎이 짓이겨지는 일도 없으리라.

그렇다, 이곳은 바로 그런 세상

내 자유 의지가 운명을 지배하는 곳.

신호의 연결 고리를 동여매서 새로운 시간을 만들어내고

내 명령에 따라 존재가 무한히 지속되기도 하는 곳.

쓰는 즐거움

지속의 가능성

하루하루 죽음을 향해 소멸해가는 손의 또 다른 보복.

1996년 노벨문학상 수상자인 폴란드 여류 시인 비스와바 쉼보르스카Wislawa Szymborska(1923~2012)의 시다. 한국외국어대 최성은 교수가 옮긴 쉼보르스카 시선집《끝과 시작》에 실려 있다. 나는 이 시를《위대한 스승, 구본형 시로 부활하도다》라는 소책자에서 처음 봤다.

여기서 구본형 선생과 나의 이상하고도 질긴(!) 인연에 대해 이야기해야겠다.

2013년 4월에 세상을 떠난 구본형 선생을 나는 그의 생전에 단

한 번도 만나본 적이 없다. 내 제자 중에는 구본형 변화경영연구소 출신이 셋이나 된다. 그들은 나한테 배우면서도 입만 열면 구 선생 이야기를 했다(구 선생이 사회생활 잘하는 법에 대해서는 잘 가르치지 못한 게 분명했다). 나는 은근히 시샘이 났고 질투가 생겼다. 도대체 구본형이 누구이기에 이들은 그의 광신도가 되었는가? 출판계에 오가면서 한 번쯤 만날 법도 한데 이상하게 나는 구 선생과 마주친 적이 없다. 게다가 나는 그의 책을 단 한 권도 읽은 적이 없다.《익숙한 것과의 결별》이라는 책 제목과 '변화경영연구소'라는 이름부터 뭔가 자기계발의 냄새가 과하게 났기 때문이다. 늦은 나이에 책을 써서 베스트셀러 작가가 됐다는 광고성 문구도 좀 미심쩍었다.

　그러다 제자들과 함께 '스튜디오 9'라는 곳에서 모임을 가졌다. 역시 구 선생 제자이기도 한 내 제자 한 사람이 추천해서 그곳을 모임 장소로 정했다. 그곳에 가보니, 구 선생의 유품들 몇 가지와 사진들, 그리고 구 선생의 책들이 전시되어 있었다. 사진 속에서 그는 환하게 웃고 있었다. 나는 생각했다. 구본형 작가는 행복한 사람이구나. 제자들이 그를 잊지 못해 이렇게 기리는 공간까지 마련해주다니. 그곳에서 발견한 소책자가 바로《위대한 스승, 구본형 시로 부활하도다》였다. 이 책에서 비스와바 쉼보르스카라는 생소한 시인의 시를 처음 발견했다. 아, 그건 충격이었다. 이 시를 읽고 나는 바로《끝과 시작》을 구입해 읽었다.

　이 시가 실린 소책자는 구본형 선생 제자들이 그를 그리워하며 만든 추모시선집이다. 그가 얼마나 다정다감한 사람이었고, 얼마나 훌륭한 선생이었으며, 얼마나 탁월한 작가인지에 대한 글들이 실려 있다. 나는 그 글들을 읽으며 그처럼 좋은 선생이자 작가가 되기를 다짐했다. 그 다짐의 8할은 질투 때문이었고 질투는 나의 힘이다.

얼마 뒤, 나는 EBS 라디오의 〈고전읽기〉라는 프로그램의 진행을 맡게 됐다. 구본형 선생이 유명을 달리하기 전까지 진행했던 프로그램이다. 담당 PD는 내게 섭외 전화를 하면서 이렇게 덧붙였다.

"아시죠? 구본형 선생이 진행했던 프로인 거? 그분이 했던 방송을 홈페이지에서 다시 좀 들어보시고 참고해주세요."

내게는 그 다음 말이 이렇게 들렸다. '뭐, 구 선생처럼은 못하겠지만….' 이건 도대체 무슨 인연이란 말인가? 이거야말로 삼국지에 나오는 '죽은 공명이 산 중달을 혼내는' 격 아닌가? 이 모든 발설은 나의 소심함과 속 좁음에서 비롯된 것이다. 솔직히 나는 '다시듣기'를 들었으며, 구본형 작가의 《그리스인 이야기》도 읽었다. 그리고 변화경영연구소 홈페이지에 단 그의 댓글들도 봤다. 그리고 나서 나도 아주 조금은 구본형이란 인물에 대해 존경심과 애착이 생겼다. 내가 앞으로 몇 년을 노력해야 그분의 발꿈치만큼 따라갈지 모르겠다. 그저 늘 읽고 쓰고 사색했던 작가 구본형을 본받으려 꾸준히 애쓸 밖에는.

(참고로, 위의 '쓰는 즐거움'이란 시를 보면 '씌어진'이란 단어가 나온다. 문법적으로는 틀

린 표현이다. 원래 '쓰다'라는 동사에 접미사 '-이'가 붙어 '쓰이다'라고 쓰면 피동형이 된다. 또는 '쓰다'에 피동형을 만드는 보조동사 '-(어)지다'를 붙여서 '써지다'라고 써도 된다. 그러나 '쓰이다'라는 말에 다시 '-(어)지다'를 붙여서 '쓰여지다' 혹은 '씌어지다'라고 쓰면 안 된다. 이중피동이기 때문이다. '역전앞'과 같이 되어버리는 거다. 하여간 '씌어진'이란 말은 틀린 말인데 시인들은 가끔 이렇게 쓰기도 한다. 민족시인 윤동주도 '쉽게 씌어진 시'란 작품을 썼다.)

소면
- 류시화

당신은 소면을 삶고
나는 상을 차려 이제 막
꽃이 피기 시작한 살구나무 아래서
이른 저녁을 먹었다 우리가
이사 오기 전부터 이 집에 있어 온
오래된 나무 아래서
국수를 다 먹고 내 그릇과 자신의 그릇을
포개 놓은 뒤 당신은
나무의 주름진 팔꿈치에 머리를 기대고
잠깐 눈을 감았다
그렇게 잠깐일 것이다

잠시 후면, 우리가 이곳에 없는 날이 오리라

열흘 전 내린 삼월의 눈처럼

봄날의 번개처럼

물 위에 이는 꽃과 바람처럼

이곳에 모든 것이 그대로이지만

우리는 부재하리라

그 많은 생 중 하나에서 소면을 좋아하고

더 많은 것들을 사랑하던

우리는 여기에 없으리라

나 혼자 혹은 당신 혼자

이 나무 아래 빈 의자 앞에 늦도록

앉아 있으리라

이것이 그것인가 이것이 전부인가

(중략)

이 시는 다 쓰지 못하겠다. 저작권 문제 때문이 아니다. 저 시를 베끼다 보니 나도 모르게 눈물이 난다. 사람이라면 눈물이 난다. 누군가를 사랑한다면 눈물이 난다. 이 시를 읊다 보면….

생각해보라. 나 먼저 떠나고 사랑하는 그이가 나와 함께 소면을 먹던 나무 아래 빈 의자에 앉아 늦도록 망연할 장면을. 혹은 그이 먼저 떠나고 내가 그곳에 가서 밤새도록 허망할 모습을. 류시화 시

인의 시집《나의 상처는 돌 너의 상처는 꽃》에 있는 시다. 구입해서
읽어보고 읊조려보고 베껴 써보도록.

빛의 감옥
- 손택수

가로등 어디에 틈이 있어

날벌레들이 그 속을 파고드는 모양이다

입구를 잃어버린 날벌레 한 마리가

램프를 감싼 유리를 두드리고 있다

유리벽에 머리를 짓찧고 있다

저 환한 무덤 속으로 들어가기 위하여

얼마나 파닥거리며 왔던가

무덤의 중심으로부터 밀려나지 않기 위하여

발버둥을 쳤던가

비명으로 꽉 찬 유리 속에 간신히

둥지를 튼다

퉁, 이삿짐을 풀고 내다보는 거리

가로등이 거리를 밝히는 대신 감추고 있는,

유리알 속에 아침마다 눈곱이 낀다

《나무의 수사학》이란 시집에 나오는 손택수의 시다. 이 시집도 강추다. 개인적으로 손택수를 직접 만나본 적이 있는데 온화하고 어진 성품을 가진 시인이었다. 그의 시들도 그를 닮아 부드러우면서도 깊고 풍부하다(커피 광고 문구?). 최근에 활동하는 시인들 중 김경주와 더불어 손택수의 시를 추천하련다.

위의 시를 보라. 날벌레 한 마리가 빛과 포옹하려고 "유리벽에 머리를 짓찧고 있다." "저 환한 무덤 속으로 들어가기 위하여 얼마나 파닥거리며" "무덤의 중심으로부터 밀려나지 않기 위하여 발버둥을 쳤던가." 이게 꼭 우리들 사랑과 닮았다. 사랑이란 게 저 죽을 줄도 모르고 불빛 속으로 파고들어 가려 하는 날벌레의 몸짓 아닌가. 머리를 찧으며 발버둥 치며 간신히 안착해보지만 우리를 기다리는 것은 비명으로 꽉 찬 무덤일 뿐. 그러나 누가 불이고 누가 나방인가. 내가 불이고 그대가 나방인가, 그대가 불이고 내가 나방인가. 이런 구분을 할 줄 알았다면 애당초 우리는 사랑 따위는 하지 않았으리.

알리칸테
- 자크 프레베르

탁자 위에 오렌지 한 개
양탄자 위에 너의 옷

내 침대 속에 너

지금의 부드러운 현재

밤의 신선함

내 삶의 따뜻함.

Une orange sur la table

Ta robe sur la tapis

Et toi dans mon lit

Doux présent du présent

Fraîcheur de la nuit

Chaleur de ma vie.

알리칸테Alicante는 지중해를 접하고 있는 스페인의 작은 항구도시로 자크 프레베르Jacques Prevert(1900~1977)가 사랑했던 곳이다. 프랑스의 국민 시인 프레베르는 아마도 연인과 함께 알리칸테에 놀러가서 즐거운 시간을 보냈나 보다. 12월에도 야자수가 무성할 정도로 온화한 기후인 인구 30만의 중소도시 알리칸테. 그곳의 한 별장 발코니에서는 지중해의 옥색 물결이 내려다보인다. 연인들은 노을을 바라보며 샴페인을 곁들인 저녁을 먹었으리라. 탁자 위에는 남은 오렌지 한 개가 놓여 있다. 양탄자 위에는 여인이 아무렇게나 벗어놓은 옷이 뒹군다. 침대 속에서 새근새근, 아가처럼 자고 있는 애인…. 아, 시인은 현재라는 시간의 한없는 부드러움 속에 빠져든다. 밤은 신선하고 생은 따뜻하다. 더 이상 바랄 게 없다.

주변에 혹 프랑스 어를 아는 사람이 있다면 이 시를 불어로 읽어 달라고 하라. 언젠가 내가 이 시를 읽어줬더니 제자들은 이렇게 반응했다.

"전율…이네요."

"오, 운율이 있네요."

"노래 같아요."

물론 이렇게 말한 사람도 있었다.

"아랍 사람이 불어하는 것 같아요." (너무 솔직한 건 언제나 미움 받는다.)

나는 별아저씨
- 정현종

나는 별아저씨

별아 나를 삼촌이라 불러다오

별아 나는 너의 삼촌

나는 별아저씨

나는 바람남편

바람아 나를 서방이라 불러다오

너와 나는 마음이 아주 잘 맞아

나는 바람남편이지

나는 그리고 침묵의 아들

어머니이신 침묵

언어의 하느님이신 침묵의

돔(Dome) 아래서

나는 예배한다

우리의 生은 침묵

우리의 죽음은 말의 시작

이 天下 못된 사랑을 보아라

나는 별아저씨

바람남편이지

대학 시절, 정현종 시인은 나의 우상이었다. 나는 그분께 직접 시 창작론을 배우기도 했다. 당시 클래스메이트 중 한 사람은 '유리 닦는 남자'라는 시를 제출했었다. 그의 이름은 성석제였다(물론 나보다 선배다).

정현종 선생의 시는 한마디로 대단하다. 그는 스스로 언어의 독생자임을 자처한다. 저 위의 시를 보라. "나는 침묵의 아들 (…) 언어의 하느님이신 침묵"이라 하지 않았나. 성부와 성자와 성신이 하나이듯 언어와 시인과 영감은 하나. 자아면서 타자, 주관이면서 객관. 예수가 홀로 겟세마네 동산에서 기도하듯이, 그는 "침묵의 돔 아래서" 기도한다. 별아저씨이자 바람남편으로 살아가게 해달라고. 그러나 침묵을 경배하는 그조차도 결국은 이 모든 신앙고백은 말로 해야만 한다. 그 간극을 어찌할 수 없어 별의 삼촌이 되고 바람과 눈이 맞는다. 언어의 궁극에는 언어의 폐함이 있을 뿐. "이 천하 못된 사랑" 앞에서 황망한 시인은 말의 시작이 죽음임을 감지하고 고요의 옹알이를 읊는다.

꽃의 죽음

벚꽃 분신

목련 절명

장미 아사

난초 교사

철쭉 빈사

백합 숙환

그리고 너

나와 정사

그리고 마지막으로 앞의 시. 내가 쓴 졸시다. 대가들의 시 뒤에 은근슬쩍 끼워 넣으며 잔머리를 굴린다. 머리가 돌처럼 굳어 저런 어휘들만 떠오른다. 아, 뒹구는 돌은 언제 철드는가?

냉정미에 깃든 슬픔

　가마를 익히는 불길은 열(熱)이 아니라 흐름이다. 겉불꽃은 공기와 더불어 발랄하게 놀아난다. 겉불꽃은 자유롭고 무질서하고 불안정하다. (중략) 이 맑은 불은 장작에 뿌리박은 불길의 운명을 이미 떠난 것처럼 보인다.

　이 불길은 흙을 흔들지 않고 고요히 흙 속으로 스며서 고려청자나 조선백자의 표면에 깊고 깊은 색깔의 심층 구조를 드러나게 한다. 깊은 것은 깊은 것들 속에서 나오게 되어 있는 모양이다. 백자의 아름다움은 눈으로 들여다볼 수 있지만, 가마의 아름다움은 보이는 것이 아니어서 몽상으로 들여다볼 수밖에 없다. 그릇의 색깔은 멀고 아득한 잠재태로서 흙 속에 숨어 있었다.

그러나 겉불꽃이 되었건 속불꽃이 되었건 어떻게 불이 수억 년을 잠자는 흙을 흔들어 깨워서 그 아득히 먼 아름다움을 이 세상 밖으로 끄집어내서 사람들의 눈앞에 펼쳐 보일 수가 있는 것일까. 그것은 그 불길들이 애초에 장작 속에 들어 있었다는 것처럼 감당하기 어려운 일이었고 도공도 거기에는 대답할 수 없었다. 그것은 불과 흙 사이의 일이어서 사람이 거기에 간여할 바가 못 되고, 다 알려고 하는 것이 오히려 몽매한 일임을 이 오래된 가마 앞에서는 알겠다.

김훈의 《자전거 기행》에 나오는 문장들이다. 이 글을 읽는 건 마치 장중한 파이프 오르간 연주를 듣는 기분이다. 도대체 어떻게 사람의 마음이 수억 년을 잠자는 탄소를 흔들어 깨워서 그 아득히 먼 아름다움을 세상에 펼쳐 보일 수가 있는 것일까. 그것은 그 흑연심이 애초에 나무 속에 들어 있었다는 것처럼 감당하기 어려운 일이었고 작자도 거기에는 대답할 수 없었다. 그것은 원소와 영혼 사이의 일이어서 범인이 거기에 간여할 바가 못 되고, 다 알려고 하는 것이 오히려 몽매한 일임을 이 묵직한 책 앞에서는 알겠다. (표절+윤문+엄살로 점철된 각색을 용서하라.)

김훈의 산문 속에는 냉정미에 깃든 슬픔이 있다. 어쩌면 진정한 슬픔은 눈물조차 얼게 하는 냉정에서 비롯되는 것인지도 모른다. 김훈은 언젠가 자신의 글쓰기에 대한 영업 비밀을 밝힌 적이 있다.

그는 수시로 법전을 들여다보며 어휘를 채집한다는 것이다. 오호라. 그 인터뷰를 읽은 즉시 나는 법전을 구입해 수시로 들여다봤다. 젠장. 재료가 좋으면 뭐하나. 요리를 할 줄 알아야지. 아무리 들여다봐도 김훈 같은 문장이 저절로 나오지 않음은 도공의 솜씨가 훌륭한 가마에서 거저 나오지 않음을 보면 안다. 다만 법전을 읽으며 현실과 이상의 괴리가 큰 것은 깨우쳤다. 다음을 보라.

유구한 역사와 전통에 빛나는 우리 대한국민은 3·1운동으로 건립된 대한민국임시정부의 법통과 불의에 항거한 4·19 민주이념을 계승하고, 조국의 민주개혁과 평화적 통일의 사명에 입각하여 정의·인도와 동포애로써 민족의 단결을 공고히 하고, 모든 사회적 폐습과 불의를 타파하며, 자율과 조화를 바탕으로 자유민주적 기본질서를 더욱 확고히 하여 정치·경제·사회·문화의 모든 영역에 있어서 각인의 기회를 균등히 하고, 능력을 최고도로 발휘하게 하며, 자유와 권리에 따르는 책임과 의무를 완수하게 하여, 안으로는 국민생활의 균등한 향상을 기하고 밖으로는 항구적인 세계평화와 인류공영에 이바지함으로써 우리들과 우리들의 자손의 안전과 자유와 행복을 영원히 확보할 것을 다짐하면서 1948년 7월 12일에 제정되고 8차에 걸쳐 개정된 헌법을 이제 국회의 의결을 거쳐 국민투표에 의하여 개정한다.

　- 1987년 10월 29일

대한민국 헌법 전문이다. "모든 사회적 폐습과 불의를 타파하며, 자율과 조화를 바탕으로 자유민주적 기본질서를 더욱 확고히 하여 정치·경제·사회·문화의 모든 영역에 있어서 각인의 기회를 균등히 하고, 능력을 최고도로 발휘하게 하며, 자유와 권리에 따르는 책임과 의무를 완수하게 하여, 안으로는 국민생활의 균등한 향상을 기하고 밖으로는 항구적인 세계평화와 인류공영에 이바지함"이 우리 헌법이 지향하는 바다. 더 이상 이상적일 수 없을 만치 이상적이다. 이렇게만 된다면 오죽 좋을까.

나는 헌법 전문을 보며 가슴이 떨렸다. 그 어떤 연설보다 감동적이어서다. 그리고 곧 한숨을 길게 내쉬었다. 현실은 법을 엿 먹이고 있어서다. 별과 땅 사이의 간극은 이토록 깊다.

수필은 청자青瓷 연적이다. 수필은 난蘭이요, 학鶴이요, 청초하고 몸맵시 날렵한 여인이다. 수필은 그 여인이 걸어가는 숲 속으로 난 평탄하고 고요한 길이다. 수필은 가로수 늘어진 페이브먼트가 될 수도 있다. 그러나 그 길은 깨끗하고 사람이 적게 다니는 주택가에 있다.

수필은 청춘의 글은 아니요, 서른여섯 살 중년 고개를 넘어선 사람의 글이며, 정열이나 심오한 지성을 내포한 문학이 아니요, 그저 수필가가 쓴 단순한 글이다.

수필은 흥미는 주지마는 읽는 사람을 흥분시키지는 아니한다. 수필은 마음의 산책이다. 그 속에는 인생의 향취와 여운이 숨어 있는 것이다.

금아^{琴兒} 피천득 선생이 쓴 〈수필〉이란 글의 앞부분이다. 이 글은 1976년 범우사에서 발간한 《수필》이란 책에 실려 있다. 40여 년 전에는 지금보다 확실히 평균 수명이 짧았나 보다. "서른여섯 살 중년"이라니. 지금 서른여섯 청년들이 들으면 화내겠다.

피천득 선생은 〈인연〉, 〈수필〉, 〈오월〉 등의 주옥같은 글을 썼다. 그분의 글에 가타부타 말을 붙이는 것은 불경이다. 그저 몇 구절 소개하는 것으로 설명을 대신하련다. (괄호 안은 수필의 제목이다.)

오월은 금방 찬물로 세수를 한 스물한 살 청신한 얼굴이다. (오월)

내게 효과가 있는 다만 하나의 강장제는 따스한 햇빛이요, '토닉'이 되는 것은 흙냄새다. (조춘早春)

나는 내금강에 갔다가 만폭동 단풍 한 잎을 선물로 노산^{鷺山}에게 갖다 준 일이 있다. 그는 단풍잎을 받고 아름다운 시조를 지어 발표하였다. (선물)

팀파니스트가 되는 것도 좋다. 하이든 교향곡 94번의 서두가 연주되는 동안은 카운터 뒤에 있는 약방 주인같이 서 있다가 청중이 경악하도록 갑자기 북을 두들기는 순간이 오면 그 얼마나 신이 나겠는가? (플루트 플레이어)

나는 어려서 장난감 가게 주인을 부러워하였다. 지금도 막상 장사를 시작한다면 장난감 가게밖에 할 게 없는 것 같다. 물론 그 가게에서는 아이들에게 화상을 입게 하는 딱총은 아니 팔 것이다. 장난감 가게는 우선 그 상품이 재미있다. 손님이 아니 오더라도 나 혼자 그것들을 가지고 놀 수 있다. (장난감)

나는 양복 호주머니에 내 용돈이 700원만 있으면 세상에 부러운 사람이 없다. 그러나 300원밖에 없을 때에는 불안해지고 200원 이하로 내려갈 때는 우울해진다. 이런 때는 제분회사 사장이 부러워진다.

(용돈)

내 일생에는 두 여성이 있다.
하나는 나의 엄마고 하나는 서영이다. (서영이)

금아 선생님. 마지막 문장에만 이의를 달겠습니다. 서영이는 금아 선생님 따님이지죠. 금아 선생님 일생의 두 여성이 선생님의 모친과 따님이라고요? 그럼, 사모님은?

오늘 아침, 집을 나오는 길에 보니 개울 건너 그 울음소리 나던 집 앞에 영구차가 와 섰다. 개울 이쪽에는 남녀 여러 사람이 길을 막고 서서 죽은 사람 나가는 것을 바라보았다. 나도 한참 그 측에 끼어 서 있었다. 그러나 나의 눈은 건너편보다 이쪽 구경꾼들에게 더 끌리었다. 죽음을 바라보며 죽음을 생각하는 그 얼굴들, 모두 검은 구름장 아래 선 것처럼 한 겹의 그늘이 비껴 있었다. 그중에도 한 사나이, 그는 일견에 '저 지경이 되고도 살아날 수 있을까?' 하리만치 중해 보이는 병객病客이었다.

그는 힘줄이 고기 배알처럼 일어선 손으로 지팡이를 짚고 가만히 서서도 가쁜 숨을 몰아쉬면서 억지로 미치는 듯한 무거운 시선을 영구차에 보내고 있었다. 나는 속으로 '옳지! 그대는 남의 일 같지 않겠구나!' 하고 측은히 그를 바라보았다. 그는 이내 눈치를 채었던지 나를 못마땅스럽게 한번 힐긋 쳐다보고는 지팡이를 돌리어 다른 데로 비실비실 가버리었다.

그 나에게 힐긋 던지는 눈은 비수처럼 날카로웠다. '너는 지냈니? 너는 안 죽을 테냐?' 하고 나에게 생의 환멸을 꼬드겨 놓는 것 같았다.

얼마 걷지 않아 영구차 편에서 곡성이 들려왔다. 그러나 고개를 넘는 길에는 새들만이 명랑하게 지저귀었다. 사람의 울음소리! 새들의 그것보다 얼마나 불유쾌한 소리인가!

죽음을 저다지 치사스럽게 울며불며 덤비는 것도 아마 사람밖에 없을 것이다.

상허尙虛 이태준이 쓴 〈죽음〉이란 수필의 일부다. 등골이 서늘해지는 글이다. 인생의 무상함이 절실해지면서 누구에게나 적용되는 죽음이란 진실 앞에 겸허함을 넘어 허탈함까지 느껴진다. 1904년 강원도 철원에서 태어난 그는 1933년 박태원, 이효석 등과 함께 '구인회'라는 문학동인 모임을 만들어 활동했고, 해방 후에는 문학가 동맹의 일원이었다. 1946년 월북했다가 1960년대 초 협동농장에서 병사했다고 전해진다. 수필집 《무서록》과 《문장강화》가 유명하다. 1942년 발표한 《무서록》에 실린 그의 글 한편을 전재한다.

고독

뎅그렁!

가끔 처마 끝에서 풍경이 울린다.

가까우면서도 먼 소리는 풍경 소리다. 소리는 그것만 아니다. 산에서 마당에서 방에서 벌레 소리들이 비처럼 온다.

벌레 소리! 우는 소릴까? 우는 것으로 너무 맑은 소리!

쏴- 바람도 지난다. 풍경이 또 울린다.

나는 등蓋을 바라본다. 눈이 아프다. 이런 밤엔 돋우고 낮추고 할 수 있어 귀여운 동물처럼 애무할 수 있는 남폿불이었으면.

지금 내 옆에는 세 사람이 잔다. 아내와 두 아기다. 그들이 있거니 하고 돌아보니 그들의 숨소리가 인다.

아내의 숨소리, 제일 크다. 아기들의 숨소리, 하나는 들리지도 않는다.

이들의 숨소리는 모두 다르다. 지금 섬돌 위에 놓여 있을 이들의 세 신발이 모두 다른 것과 같이 이들의 숨소리는 모두 한 가지가 아니다. 모두 다른 이 숨소리들은 모두 다를 이들의 발소리들과 같이 지금 모두 저대로 다른 세계를 걸음 걷고 있는 것이다. 이들의 꿈도 모두 그럴 것이다.

나는 무엇을 하고 무엇을 생각하고 앉았는가?

자는 아내를 깨워볼까, 자는 아기들을 깨워볼까, 이들을 깨우기만 하면 이 외로움은 물러갈 것인가?

인생의 외로움은 아내가 없는 데, 아기가 없는 데 그치는 것일까. 아내와 아기가 옆에 있되 멀리 친구를 생각하는 것도 인생의 외로움이요, 오래 그리던 친구를 만났으되 그 친구가 도리어 귀찮음도 인생의 외로움일 것이다.

山堂靜夜坐無言 산당정야좌무언
寥寥寂寂本自然 요요적적본자연*
얼마나 쓸쓸한가!
무섭긴들 한가!

무섭더라도 우리는 결국 이 요요적적寥寥寂寂에 돌아가야 할 것 아
닌가!

아아. 상허는 진정 가장의 고독에 몸부림쳤나 보다. 분명 저 때는 수입도 시원치 않았으리. 지갑이 얇으면 고독은 배가 되는 법. 이 글을 읽으며 나는 완전히 감정 이입되어 '무섭긴들 한가!'에서 통성痛聲을 배출하고야 말았다. 주머니에 신사임당 서너 분만 계셨어도 요요적적하련만.

내 사랑을 부탁해

시가 글의 오아시스라면 소설은 글의 대지다. 글의 토양이며 거름이고 뿌리다. 글을 잘 쓰기 위해, 글쓰기 실력을 위해 소설을 읽는다면? 좋다. 그러나 소설은 무엇보다 재미를 위해 읽어야 한다. 사람이 할 수 있는 일 중에 가장 재미있는 것은? 단연코 사랑이다.

칠레 작가 안토니오 스카르메타Antonio Scármeta가 1985년에 발표한 《네루다의 우편배달부》란 소설이 있다. 〈일 포스티노〉라는 영화로 만들어지기도 했던 이 소설은 네루다에게 글쓰기 수업을 받은 우편배달부 마리오와 섬처녀 베아트리체의 사랑을 그리고 있다. 마리오의 사랑 고백을 들은 베아트리체는 들뜬 마음을 엄마에게 고백한다. 그러나 엄마는 이미 산전수전 다 겪은 밀고 당기기의 달인.

소설 속에는 영화에서 볼 수 없었던 적나라한 대사가 펼쳐진다.

"얼핏 봐도 그놈이 네게 하는 말은 네루다 씨 시를 베낀 티가 나."

베아트리스는 고개를 돌려 수평선을 바라보듯 벽을 쳐다보았다.

"아니요! 저를 계속 쳐다보고 있었고 새들이 지저귀듯 말이 흘러나왔어요."

"'새들이 지저귀듯!' 너 오늘 밤 당장 가방 싸서 산티아고로 떠나. 다른 사람 말을 몰래 베끼는 걸 뭐라고 부르는지 아니? 바로 표절이야!"

(중략)

"엄마!"

"넌 지금 풀잎처럼 촉촉해. 후끈 달아올랐을 때에는 약이 딱 두 가지밖에 없지. 교미나 여행."

어머니는 딸의 귓불을 놓고 침대 밑에서 가방을 꺼내 침대 위에 패대기쳤다.

"가방 싸!"

"싫어요! 여기 남을 거예요!"

"강물은 자갈을 휩쓸어 오지만 말은 임신을 몰고 오는 법이야. 가방 싸!"

"전 스스로를 지킬 줄 알아요."

"흥! 스스로를 지킬 줄 아신다고요! 제가 보기엔 손끝만 스쳐도 무너질 것 같은데요. 이 몸이 그대보다 훨씬 먼저 네루다 시를 읽었다는 것을 기억하시죠. 남정네들이 달아오르면 간덩이까지 시로 변하는 걸 모를 것 같으신가요?”

“네루다 씨는 점잖은 분이예요. 대통령이 될 거라고요!”

“침대에서는 대통령이든 신부든 공산당 시인이든 똑같아. (중략) 네루다 씨의 다른 시도 들어보렴. ‘키스와 ‘침대’와 빵이 골고루 있는 사랑이 나는 좋아.’ 탁 까놓고 말해 아침도 침대에서 같이 먹자는 수작이지. (중략)”

“기막혀! 남자애 하나가 내 미소가 얼굴에서 나비처럼 날갯짓한다 그랬다고 산티아고에 가야 되다니.”

과부 역시 열을 올렸다.

“닭대가리 같으니! 지금은 네 미소가 한 마리 나비겠지. 하지만 내일은 네 젖통이 어루만지고 싶은 두 마리 비둘기가 될 거고, 네 젖꼭지는 물오른 머루 두 알, 혀는 신들의 포근한 양탄자, 엉덩짝은 범선 돛, 그리고 지금 네 사타구니 사이에서 모락모락 연기를 피우는 고것은 사내들의 그 잘난 쇠몽둥이를 달구는 흑옥 화로가 될 걸! 퍼질러 잠이나 자!”

사랑에 빠지려는 순진한 처녀가 있다. 불행히도 그 처녀에게는 백전노장의 과부 엄마가 있다. 엄마가 “남정네들이 달아오르면 간덩이까지 시로 변하는 걸 알아야지!”라고 말할 때 나는 뜨끔했다. 내가 사랑했던 여인들이 저런 엄마를 갖지 않았다는 게 얼마나 다행인지.

　대체로 글 잘 쓰는 남자들은 사랑에 약하다(나만 빼고). 예쁜 여자를 좋아한다(나만 빼고). 게다가 바람둥이다(나는 절대 아님. 나는 고 모씨 밖에 없음. 참고로 이 책은 내 아내가 볼 확률이 높음).《단순한 열정》이란 자전적 소설을 써서 유명해진 프랑스 작가 아니 에르노Annie Ernaux란 여자가 있다. 그녀의 33살(!) 연하 애인이었던 작가 필립 빌랭Philippe Vilain은 아니 에르노와 나눈 5년간의 사랑을 다룬 소설《포옹》에 이렇게 썼다.

　나는 글로 여자를 유혹한 적이 많았다. 대학교의 주차장 주변을 어슬렁거리다가 예쁜 여자가 차에서 내리면 미리 써놓은 편지를 윈도 브러시에 슬쩍 끼워놓곤 했다. 도서관에서는 열람실까지 따라 들어가 책을 찾는 척하면서 여자들 어깨너머로 대출 신청 용지에 표시된 인적 사항을 훔쳐보았다. 그래서 꽤나 두툼한 명단을 만들 수 있었다.

　(중략)

　내게 중요했던 것은 내 주제에 감히 넘볼 수 없는 너무 예쁜 여자의 일상 속에서 나의 존재를 확인했다는 점이었다. 이런 경우가 생길 때마다 내 말이 자아내는 효과에 스스로 놀랐다. 여자는 몇 초간 망설이는 듯하다가 안으로 쑥 들어간다. 고민하지 말아야 한다. 나는 잔다르크 거리를 단숨에 뛰어간다. 여자가 미소를 짓는다. "당신 어디선가 본 것 같아요." 뛰어오느라 헐떡이는 숨을 해명하기 위해 나는 몇 가지 거짓말을 우물거리며 둘러댄다. 약속 시간이 생각났을 때 나는 시내

반대쪽에 있어서 당연히 미친 듯 뛰어왔다고.

　다른 남자 아이들의 허풍을 항상 혐오했고 나 자신은 결코 그럴 재간이 없다고 믿었던 터였지만 일단 거짓말을 해놓고 그 다음부터는 여자가 말을 하도록 유도했다. 하지만 여자는 그때까지도 여전히 호락호락하지 않고 무관심한 표정을 지어야 제격이다. 내 미소에 그녀가 화답하고 그녀의 몸이 유혹이 가능한 사냥감으로 변하는 순간 그 육체는 순식간에 매력을 상실한다. 그 육체를 너무 오랫동안 상상한 나머지 마치 진짜 품에 안아본 것 같았고, 또한 만나기 직전에 느낀 흥분 자체가 오르가슴의 절정이었기 때문에 아름다운 표정, 훤히 드러난 앞가슴의 윤곽, 허리 곡선, 완벽한 몸매라도 그를 능가할 수는 없었다. 글쓰기가 욕망을 벌충했다.

이 작자는 글 쓰는 남자들을 단체로 모욕한다. 더구나 글 깨나 쓴다는 이들의 연애 영업 비밀(!)을 함부로 까발린다. 내 제자 한 사람은 여성을 유혹하기 위해 김춘수의 시집을 통째로 외웠다. 그건 굉장히 효과가 있어서 여성에게 프러포즈할 때 시 낭송과 함께 결혼 승낙을 받아냈다. 물론 아내가 된 그 여성이 '너무 싼값에 프러포즈를 받아들였다. 겨우 시 낭송 한 번이라니!'라는 사실을 깨달았을 때는 아이 둘을 낳고 난 뒤였다.

　왜 시 낭송하는 남자에게 여자가 약한지에 대한 연구는 아직 충분히 이루어지지 않았다. 다만,《종의 기원》을 보면 다윈은 우리 인

류의 조상이 조류라고 적고 있으므로, 수억 년 전 노래 잘하는 수
컷을 선택했던 암컷 본능이 남아 있는 것은 아닌가 하는 어설픈 짐
작을 해본다.

필립 빌랭이 옳은 것 하나. '글쓰기가 욕망을 벌충한다'는 것이
다. 글쓰기는 고도의 집중 행위라서 때로는 섹스 이상의 쾌감을 준
다. 못 믿겠다고? 데릭 젠슨Derrick Jensen이란 미국 작가는 글쓰기 수
업을 하면서 이렇게 강조한다.

"섹스할 때의 오르가슴보다 더한 것을 느끼지 못하는 사람은 수
업에 나오지 않아도 좋다."

그의 학생 스무 명 중 두 명만 빼고 다 끝까지 갔다. 떨어져 나간
두 명 중 하나는 수도승이었고 나머지 하나는 불감증이었다.

소설을 읽는다는 것은 소설 속 인물이 되는 일이다. 큰딸, 큰아
들, 아버지 등 다중 인칭으로 써진 신경숙의 《엄마를 부탁해》를 보
자. 치매에 걸린 엄마가 딸에게 하는 말이다.

사랑하는 내 딸. 몸이 내 뜻을 따라주지 않았으나 정신이 맑을 땐
네 생각을 많이 했고나. 이제 걸음마를 뗀 막내까지 세 아이를 길러야
할 너를, 네 인생을. 그럴 때면 내가 해줄 수 있는 일이란 고작 김치를
담가 부쳐주는 거밖에 없다는 게 참 미련스럽게 느껴지곤 했다아. 네
가 아이를 안고 시골집에 왔을 때, 신발을 벗으면서 어마, 내가 양말을

짝짝이로 신었네, 하고 웃을 적에 이 에민 가슴이 미어졌어야. 얼마나 정신없이 살면 그 깔끔하던 네가 양말도 제대로 짝 맞춰 신을 시간이 없나 싶어서. 간혹 정신이 맑아질 때면 너와 네 아이들을 위해 해야 할 일이 생각났어. 그때면 살아갈 의욕이 생기기도 했었는데… 이리되었네. 내가 신고 있는 굽이 다 닳아버린 파란 슬리퍼를 벗고 싶어. 내가 입고 있는 먼지투성이 여름옷도. 이제는 나도 이게 나인지 알아볼 수 없는 이 몰골에서도 벗어나고 싶어. 머리통이 깨지는 듯하고나. 자, 얘야. 머리를 들어보렴. 너를 안고 싶어. 나는 이제 갈 거란다. 잠시 내 무릎을 베고 누워라. 좀 쉬렴. 나 때문에 슬퍼하지 말아라. 엄마는 네가 있어 기쁜 날이 많았으니.

소설을 쓴다는 것은 다중인격자가 되는 일이다. 신경숙은 위 문장을 쓸 때 치매에 걸려 이제 죽기만을 바라는 늙은 어머니였다. 신경숙의 혼은 그녀의 몸을 벗어나 제집을 못 찾고 떠도는 어느 할머니의 몸속에 있었다. 접신이고 유체이탈이다. 그렇게 되지 않고서야 저런 글이 말이 되어 나올 리 없다. 치매 걸린 노인에 대해 쓸 때, 그이는 철저히 치매 걸린 노인이다. 그런 의미에서 글을 쓴다는 것은 연기를 한다는 것과 매우 흡사한 경험이다. 글쓰기와 연기의 양쪽에 모두 다리를 걸쳤던 나는 그걸 통감했다. 그러므로 앞의 불쌍한 어머니는 내 불쌍한 어머니이며, 이 글을 읽고 있는 당신의 불쌍한 어머니다. 몰입하고 이입해보라. 내가, 당신이 저 어미라고 생각해보라. 정신은 오락가락하여 판단은 정지했으나 가슴은 알 수 없이 뜨거워지리라. 이제 당신의 어머니에 대해, 당신의 어머니가 되어 써보기를. 눈물 나지 않으면 당신은 비인간.

어느 날 아침, 어수선한 꿈에서 깨어난 그레고르 잠자는 자신이 무시무시한 벌레로 변한 채 침대에 누워 있는 것을 보았다.

프란츠 카프카Franz Kafka가 쓴 저 유명한 《변신》의 첫 구절이다. 도대체 왜 평범한 영업사원 그레고르 잠자는 하루아침에 벌레로 변했을까? 그의 부모와 여동생은 그를 보고 어떤 반응을 보일까? 벌레가 된 청년 그레고르는 어제까지 다정한 가족이었던 사람들의 외면과 냉대를 받는다. 이 짧은 소설에는 자본주의의 기계적 상하관계, 가족의 의미, 소외와 존재에 대한 냉철한 물음 등 다양한 상징이 포함되어 있다.

벌레로 변한 그레고르는 더 이상 그레고르가 아니다. 회사의 지배인은 해고 위협을 하고, 가족들은 어떻게든 그의 존재가 알려지지 않기를 바란다. 한 집에 사는 하숙생들은 그를 벌레 보듯 한다(사실 그는 벌레다). 지금까지 우리에게 익숙했던 존재가 하루아침에 다른 모습이 되었을 때, 우리는 그 존재 자체를 부정해버린다. 벌레인 그레고르도 그레고르다. 그러나 굶주림에 말라비틀어진 그를 나이 든 하녀가 치워버리자, 가족들은 안심하며 새로운 삶을 꿈꾼다.

《변신》은 과연 벌레가 되어버린 이상한 사람에 대한 이야기일까? 치매에 걸렸거나, 병들어 대소변을 받아내야 하는 할머니, 할아버지들은 모두 그레고르 잠자 아니던가? 그들을 감당할 수 없어 우리는 곳곳마다 요양병원을 만들어 하루아침에 '벌레'로 변신한 – 예전에는 인간이었던 – 생명체들을 집단 관리하고 있지 않는가?

《변신》에 대한 평을 하자는 게 아니다. 21세기 한국 사회를 질타하려는 것도 물론 아니다. 다만, 이 소설의 첫 구절을 보라. 감히 그 다음을 읽지 않을 수 없게 만든다.

똥주한테 헌금 얼마나 받아먹으셨어요. 나도 나중에 돈 벌면 그만큼 낸다니까요. 그러니까 제발 똥주 좀 죽여주세요. 벼락 맞아 죽게 하든가, 자동차에 치여 죽게 하든가. 일주일 내내 남 괴롭히고, 일요일 날 여기 와서 기도하면 다 용서해주는 거예요? 뭐가 그래요? 만약에 교회 룰이 그렇다면 당장 바꾸세요. 그거 틀린 거예요. 이번 주에 안 죽여주면 나 또 옵니다. 거룩하시고 전능하신 하나님 이름으로 기도 드리옵나이다. 아멘.

김려령이 쓴 청소년 소설 《완득이》의 첫 구절이다. 이 구절을 읽고 나서 나는 단숨에 완득이에 빠져들었다. 여기서 완득이가 그렇게 죽여 달라고 떼쓰는 똥주는 제 담임 선생이다. 이런…. 도대체 담임이 얼마나 악질이면 애가 저런 기도를 할까. 아니면 완득이란 놈이 워낙에 문제아에 양아치 같은 놈일까? 영화로도 만들어져 히트를 친《완득이》의 도입 부분은 독자의 기대를 한껏 부풀게 만든다. 자고로 첫 문장은 이렇게 써야 한다. 독자의 목을 콱, 조르고 그 목에 독자의 오른손이 올라갈 때 다른 왼손은 뒤로 팍 꺾어 우드득 소리가 나게 만들어야 한다. 힘 빠진 독자가 고개 숙이면 재빨리 니킥Knee kick으로 제압! 저자의 KO승.

마지막으로 2003년 노벨문학상 수상작인《야만인을 기다리며》에서 인상적인 한 구절을 소개한다. 남아프리카 출신 작가 존 쿳시John Maxwell Coetzee는 이 작품에서 시간적, 공간적 배경을 분명하게 밝히지 않는다. 제국주의적인 문화와 야만인들의 문화가 공존하는 변경에서 지배층인 한 치안판사의 1인칭 서술을 빌려 폭력과 억압의 보편성과 비인간성을 고발한다. 그곳이 어디든, 그때가 언제이든 인간은 누구나 타인을 지배하려 하고 억누르려 하고 그 행위에는 제반의 폭력 행위가 동반된다는 것이다.

존 쿳시가 이 소설을 통해 말하려는 건 물론 압제 속에서도 사라지지 않을 휴머니즘일 것이다. 사무엘 베케트의《고도를 기다리며》를 연상케 하는 제목《야만인을 기다리며》처럼(문학 강사인 존 쿳시는 사무엘 베케트 전문가다) 이 작품은 확실한 희망도 절망도 말하지 않는다. 다만 현실이 있고 그 현실 때문에 - 제국의 지배와 그 지배를 받는 야만인들이 있다는 현실 - 고뇌하는 사람이 있다는 또 다른 현실만을 이야기한다. 그러면서 스스로에게 질문한다. '왜 우리는 이익에 부합되지도 않는데 진실에 관심을 갖고 정의의 편에 서려 하는가?' 이 질문은 쉽게 답할 수 없는 것이다. 쉬운 답은 어렵게 도출된다.

이 소설의 주인공은 정의의 편에 서려 애쓰는 소시민이자 지식인이지만 이런저런 욕망에 자신을 내던지는 그런 사람이기도 하다. 그게 우리 모두의 모습 아닌가?

이 아름다운 여자들의 몸속으로 들어가 그들의 몸을 소유하기를 내가 진정으로 원했던 것인가? 욕망은 거리감과 분리감이 주는 비애를 동반하는 것 같다. 그걸 부인한다는 건 부질없는 짓이다. 또한 나는 왜, 내 몸의 한 부분이 불합리한 욕구와 잘못된 기대감과 더불어, 욕망의 통로로서 다른 어느 것들보다 우선해야 하는지 그 이유를 알 수 없었다. 때때로 나의 성기는 나와 전적으로 다른 존재인 것 같았다. 나와 기생해 살면서 제 스스로의 욕망에 따라 커졌다가 작아지고, 도저히 떼어낼 수 없는 이빨로 나의 살에 달라붙어 사는 우둔한 동물인 것 같았다. 나는 이렇게 물었다. 내가 왜 너를 이 여자, 저 여자에게 데리고 다녀야 하지? 네가 다리가 없이 태어나서 그러냐? 네가 나 대신 개나 고양이한테 뿌리를 박고 산다고, 달라질 게 있겠냐?

혁명이 되는 글들

지금까지 존재했던 모든 사회의 역사는 계급투쟁의 역사다. 자유민과 노예, 귀족과 평민, 영주와 농노, 길드의 장인과 직인職人 등 한마디로 말해 언제나 적대 관계에 있던 억압자와 피억압자는 때론 은밀하고 때론 공공연하게 끊임없는 투쟁을 벌여왔으며, 이 투쟁은 매번 사회 전체가 혁명적으로 재편되거나 다투던 계급들이 함께 몰락하는 것으로 끝이 났다.

마르크스와 엥겔스가 쓴 《공산당 선언》의 1장은 위와 같이 시작한다. 서문에는 '하나의 유령이 유럽을 떠돌고 있다. 공산주의라는 유령이다'로 시작한다. 이 문장과 1장의 첫 문장은 너무도 강렬해서 우리의 뒤통수를 도끼로 내리치는 것 같은 충격을 준다.

마르크스와 엥겔스는, 그동안 우리 인간이 역사 속에서 견지해 왔던 모든 나이브naive한 생각-사람은 서로 도우며 살 수 있고, 가진 사람이 가난한 사람을 도우며 좋은 세상을 만들 수 있다 같은-을 한마디로 일축한다. 그런 건 개나 줘버려! 그리고 마치 신처럼 선언한다. "지금까지 존재했던 모든 사회의 역사는 계급투쟁의 역사다!"라고. 저 한마디에 세계는 떨었다. 그가 공산주의자든 자본주의자든 왕당파든 공화파든 역사에 무관심하든 관심이 있든, 마르크스와 엥겔스의 도도한 외침은 누구에게나 쇄빙선의 톱니처럼 전율을 일으켰다. 우리가 무엇이든, 출신이 어디든 상관없이 그들의 선언은 유효해 보였다.

공산주의자들은 자신의 견해와 목적을 감추는 것을 경멸한다. 그들은 오직 현존하는 모든 사회 조건을 강제로 전복시켜야만 자신들의 목적이 달성될 수 있다는 것을 공개적으로 선언한다. 모든 지배계급을 공산주의 혁명 앞에서 떨게 하라. 프롤레타리아에게는 쇠사슬 외에는 잃을 것이 없다. 그들은 세상을 얻을 것이다. 전 세계 노동자들이여, 단결하라!

《공산당 선언》의 끝 부분이다. 한마디로 읽는 이를 혹은 듣는 이를 선동하는 글이다. 장 자크 루소의 《사회 계약론》 1장 '1부의 주제에 관하여'라는 부분에 이런 표현이 있다.

"인간은 자유롭게 태어나지만, 어디서나 쇠사슬에 묶여 있다(L' homme est né libre, et partout il est dans les fers)."

《공산당 선언》은 이제 루소의 쇠사슬을 끊으라고 말한다. 그 사슬을 끊어야 세상을 얻을 수 있다면서. 그리고 징을 박는다. 마지막 문장 "전 세계 노동자들이여, 단결하라!"는 외침을 듣고 피가 끓지 않을 노동자가 있었겠는가? 마르크스와 엥겔스는 탁월한 선전가였으며 훌륭한 문장가였다. 선전선동의 기본은 심장을 두들겨대는 문구다. 칼로 위협하거나 총으로 위해를 가해도 꿈쩍하지 않는 사람들도 한마디 말로, 한 줄의 글로 뛰쳐나가게 할 수 있다.

…그러나 본 피고인은 지금도 자신의 손이 결코 폭력에 사용된 적이 없으며, 자신이 변함없이 온화한 성격의 소유자임을 의심치 않습니다. 그러므로 늙으신 어머니께서 아들의 고난을 슬퍼하며 을씨년스러운 법정 한 귀퉁이에서, 기다란 구치소의 담장 아래서 눈물짓고 계신다는 단 하나 가슴 아픈 일을 제외하면, 몸은 0.7평의 독방에 갇혀 있지만 본 피고인의 마음은 늘 평화롭고 행복합니다.

빛나는 미래를 생각할 때마다 가슴 설레던 열아홉 살의 소년이 7년이 지난 지금 용서받을 수 없는 폭력배처럼 비난받게 된 것은 결코 온순한 소년이 포악한 청년으로 성장했기 때문이 아니라, 이 시대가 '가장 온순한 인간들 중에서 가장 열렬한 투사를 만들어내는' 부정한 시대이기 때문입니다.

본 피고인이 지난 7년간 거쳐온 삶의 여정은 결코 특수한 예외가 아니라 이 시대의 모든 학생들이 공유하는 보편적 경험입니다. 본 피고인은 이 시대의 모든 양심과 함께 하는 '민주주의에 대한 믿음'에 비추어, 정통성도 효율성도 갖지 못한 군사독재정권에 저항하여, 민주제도의 회복을 요구하는 학생운동이야말로 가위 눌린 민중의 혼을 흔들어 깨우는 새벽 종소리임을 확신하는 바입니다.

오늘은 군사독재에 맞서 용감하게 투쟁한 위대한 광주민중항쟁의 횃불이 마지막으로 타올랐던 날이며, 벗이요 동지인 고 김태훈 열사가 아크로폴리스의 잿빛 계단을 순결한 피로 적신 채 꽃잎처럼 떨어져 간 바로 그날이며, 번뇌에 허덕이는 인간을 구원하기 위해 부처님께서 세상에 오신 날입니다.

이 성스러운 날에 인간 해방을 위한 투쟁에 몸 바치고 가신 숱한 넋들을 기리면서 작으나마 정성 들여 적은 이 글이 감추어진 진실을 드러내는 데 조금이라도 보탬이 될 것을 기원해봅니다.

모순투성이이기 때문에 더욱더 내 나라를 사랑하는 본 피고인은, 불의가 횡행하는 시대라면 언제 어디서나 타당한 격언인 네크라소프의 시구로 이 보잘것없는 독백을 마치고자 합니다.

"슬픔도 노여움도 없이 살아가는 자는 조국을 사랑하고 있지 않다."

1985년 5월 27일, 서울 형사지방법원 항소 제5부 재판장 앞으로 당시 서울대 복학생이었던 유시민이 써서 올린 '항소이유서'의 끝부분이다. 이른바 '서울대 프락치 사건'으로 폭력 행위등 처벌에 관한 법률을 위반했다는 죄목으로 1년 6개월 징역형을 선고받고 항소할 때 제출한 문건이다.

1985년 말로만 자율화가 실시된 대학 캠퍼스에는 안전기획부나 경찰서에서 파견한 가짜 학생들이 스파이 활동을 하고 있었다. 유시민은 당시 시위 등을 하다 군대에 강제로 끌려가 복무를 하고 복학해서 복학생 협의회장을 하고 있었는데, 경찰의 프락치로 의심되는 그러나 대학생인 척했던 사람들을 열흘 동안 감금하고 폭행했다는 혐의를 받고 구속 수감되었다. 유시민의 주장에 의하면 이 사건은 우발적으로 일어난 해프닝이었는데, 경찰 측은 운동권 학생들의 조직적 폭력 행위로 밀어붙였다. 결국 유시민은 징역을 살고 만기 출소했다.

유시민의 항소이유서는 누나인 유시춘 씨에 의해 기자실에 유포되었고, 유인물 형태로 대학생들에게 퍼져갔다. 대학 2학년이었던 나는 항소이유서를 읽고 몸이 뜨거워졌던 기억이 난다. 유시민의 문장은 하나하나 비수가 되어 내 심장에 꽂혔다. 누구나 그랬듯이, 전두환의 폭력적 독재에 치를 떨고 있었고, 어떤 식으로든 우리 사회가 민주화되어야 한다고 믿고 있었던 나는 유시민의 글을 읽으면서 깨달았다. 글은 그 어떤 권력보다 강하다는 것을.

조선 건국 이래로 600년 동안 우리는

권력에 맞서서 권력을 한 번도 바꿔보지 못했고

비록 그것이 정의라 할지라도

비록 그것이 진리라 할지라도

권력이 싫어하는 말을 했던 사람은

또는 진리를 내세워서 권력에 저항했던 사람들은 전부 죽임을 당하고

그 자손들까지 멸문지화를 당했고

패가망신을 했고

600년 동안

한국에서 부귀영화를 누리고자 하는 사람은

모두 권력에 줄을 서서 손바닥을 비비고 머리를 조아려야 했습니다.

그저 밥이나 먹고살고 싶으면

세상에서 어떤 부정이 저질러져도

어떤 불의가 눈앞에서 벌어지고 있어도

강자가 부당하게 약자를 짓밟고 있어도

모른 척하고 고개 숙이고 외면해야 했습니다.

눈 감고 귀를 막고

비굴한 삶을 사는 사람만이 목숨을 부지하면서

밥이라도 먹고 살 수 있었던 우리 600년의 역사.

제 어머니가 제게 남겨주었던 제 가훈은

'야 이놈아. 모난 돌이 정 맞는다. 계란으로 바위치기다.

바람 부는 대로 물결치는 대로 눈치 보면서 살아라.'

80년대 시위하다가 감옥 간 우리의 정의롭고 혈기 넘치는 우리 젊은 아이들에게

그 어머니들이 간곡히 간곡히 타일렀던 그들의 가훈 역시

'야 이놈아 계란으로 바위치기다', '그만둬라', '너는 뒤로 빠져라'

이 비겁한 교훈을 가르쳐야 했던 우리의 600년 역사.

이 역사를 청산해야 합니다.

권력에 맞서서 당당하게 권력을 한 번 쟁취하는 우리 역사가 이뤄져야만이

이제 비로소 우리의 젊은이들이 떳떳하게 정의를 이야기할 수 있고

떳떳하게 불의에 맞설 수 있는 새로운 역사를 만들어낼 수 있습니다.

2002년 고 노무현 대통령이 했던 대통령 선거 후보 수락 연설이다. 대한민국 역사를 통틀어 이토록 간절하고, 이토록 통쾌하고, 이토록 감동적인 연설문이 있었던가. 나는 무당파인이다. 여당도 야당도 아니다. 진보도 보수도 아닌 회색 종자일 뿐이다. 그럼에도, 저 연설을 들으면, 저 연설문을 읽으면 눈물이 난다. 고인이 된 노무현 대통령에 대한 애도 때문이 아니다. 우리의 역사이자 나의 역사, 타인의 삶이자 나의 삶, 대한민국 국민이자 민중인 존재들의 열망과 애환이 짧은 글 속에 모두 들어 있음을 알기 때문이다. 고난과 희망이 편집된 이 땅에서의 삶을 A4 용지 한 쪽에 녹아낸 저 명

문은 도대체 누가 쓴 것일까?

　이 글을 보면서 '노빠의 바람'이라고 폄하할 수만은 없다. 노무현 전 대통령의 연설 속에는 정의와 진리를 원하는 인간의 보편적 소망이 담겨 있기 때문이다. 나는 종종, 이제는 화질도 떨어져 얼굴도 흐리게 나오는 노 대통령의 연설 동영상을 돌려보곤 한다. 그러면서 혼자 찔끔거리곤 한다. 현재 진행형인 이곳에서의 '떳떳하게 불의에 맞설 수 있는 새로운 역사'를 만들어내고 싶은 마음이 여전히 남아 있기에.

영어와 우리말

무라카미 하루키는 아무리 바빠도 하루에 한 시간은 반드시 영어 소설을 일본어로 번역하는 데 썼다고 한다. 다른 나라 말을 모국어로 옮긴다는 것은 원어를 이해하는 것과 동시에 내 나라 말을 더 깊게 공부하는 일이다. 우리에게 익숙한 영어를 우리말로 옮기는 작업을 해보자. 때로 번역은 창작보다 고되다. 그 고됨 속에 글쓰기의 진수가 종종 있다.

일단 시와 영어가 가미된 바이런George Gordon Byron(1788~1824)의 시 'When We Two Parted' 1연을 읽어보자.

When we two parted

In silence and tears,

Half broken-hearted

To sever for years,

Pale grew thy cheek and cold,

Colder thy kiss;

Truly that hour foretold

Sorrow to this.

우리 헤어지던 날,

여러 해 동안

헤어져 살아야 한다는 생각에

마음은 상처 입고 말없이 눈물에 젖었다.

너의 뺨 파랗게 얼었고

네 입맞춤은 더욱 차가웠다.

생각해보면 이미, 그때

오늘의 이 슬픔 이야기되어 있었던 것을.

아름답지 않은가? 영어로 읽어보라. 번역은 황동규 선생이 번역한 시집 《순례》에 나온 것을 그대로 실었다. 《순례》의 해설에 따르면 바이런은 생각보다 더 대단한 시인인 듯하다.

1850년대에 출간된 《영문학사》에서 프랑스 비평가 텐Hippolyte Taine은 바이런의 동시대 영국시인 워즈워스, 셸리, 콜리지, 키츠 들에게는 몇 페이지씩만 할애해주고 기다란 장章 하나를 바이런에게 바쳤다. 그리고 "바이런이야말로 동시대 시인 가운데서 가장 위대하고 영국적인 예술가였으며, 너무 위대하고 너무 영국적이어서 나머지 동시대 시인이 모두 힘을 합쳐도 바이런만큼 영국과 그의 시대를 보여주지 못할 것이다"라고까지 했다.

바이런이 유럽 정신에 끼친 영향을 오늘날 냉정하게 평가하기는 힘들 것이다. 그러나 괴테, 스탕달, 도스토예프스키 들이 한결같이 바이런을 찬양하고 있다는 사실에서 우리는 그 영향의 크기를 짐작할 수는 있다. 러셀Bertrand Russell이 《서양철학사》에서 칸트에게처럼 그에게 하나의 장을 부여한 것도 같은 영국인끼리의 애정만이 아닌 정신사적인 평가로 볼 수 있는 것이다.

도대체 바이런이 끼친 정신사적인 영향은 뭘까? 황동규 선생에 의하면 그건 "우울하며 동시에 정열적이고, 아프게 참회하면서 동시에 후회 없이 죄를 저지르는" 인물을 창조해냈다는 것이다. 바이런은 태생부터 남달랐다. 그의 할아버지는 '악천후 잭'이란 별명을 가진 해군 제독이었고, 큰아버지는 '악당 바이런'이라고 불린 살인범이었다. 아버지 역시 '미친놈 잭'이라 일컬어졌단다. 한마디로 진상 가문이었나 보다. 여기에 바이런의 어머니는 히스테리가 잦은

허영 덩어리 귀부인이었다. 이것만으로도 바이런의 성격이 어땠을지 짐작이 간다.

바이런은 열 살 때 큰아버지에게 막대한 유산을 물려받고 본격적인 망나니짓을 시작한다. 부잣집 외동아들에 미남형 얼굴이었으나 한쪽 발을 약간 절름거렸기에 열등감도 있었다. 그는 장애 때문에 첫사랑에 실패한다. 열여섯 살 때 고향 친구인 매리 채워스란 소녀와 사랑에 빠졌다. 둘은 언덕을 뛰어다니며 피크닉도 하고 담소도 나눴다. 그러나 바이런은 어느 날 매리가 하녀에게 하는 말을 엿듣게 됐다.

"내가 그 절름발이를 좋아하느냐고? 미쳤어?"

아…. 매리, 너 왜 그랬니? 철없는 소녀의 저 한마디는 바이런에게 트라우마가 된다. 평생에 걸친 그의 여성 편력은 이 순간 때문에 정당성을 갖는다. "악마가 모든 여자들을 휩쓸어 갔으면!" 하고 외치는 페르 귄트(헨리크 입센의 희곡 《페르 귄트》의 주인공)의 심정은 바로 여자의 비수 같은 말 한마디로 상처받은 모든 남자의 심정을 대변한다.

하지만 바이런은 바람둥이면서 순정파였나 보다. 매리 채워스가 결혼한 직후 이런 시를 쓴다(시의 제목은 '단장斷章 – 매리 채워스의 결혼 직후에'다).

내 맘 사로잡았던 시절,

우리 자주 갔던 곳은 어디에

매리가 웃기만 해도

천국처럼 느껴지던 나날들은 어디에.

이런 쪼다…. 사랑이야 늘 실패하는 법이거늘. 이후 바이런은 승마, 요트, 펜싱, 사격, 폴로 등을 즐기며 엄친아로 자라난다. 케임브리지 대학 재학 시절인 19세에 첫 시집을 출간하고 나서 유럽 대륙 여행을 떠난다. 포르투갈, 스페인, 몰타, 그리스를 거쳐 중동 지방까지 여행하고 돌아와 《차일드 헤럴드의 순례》라는 시집을 냈는데 이 시집이 출간되자마자 베스트셀러가 됐다. 이 때문에 바이런은 "어느 날 아침 일어나보니 유명해져 있었다"는 명언을 남겼다.

그 이후 바이런은 차일드 헤럴드의 순례를 대신해 숱한 여성들을 순례한다. 사랑하고 사랑받고 차고 차인다. 결혼을 했으나 스캔들은 끊이지 않았다. 세상은 바이런을 비난했다. 구설수에 지친 바이런은 터키에 맞선 그리스 독립투쟁에 참가해 사단장이 된다. 출전을 앞두고 있던 그는 전장에서 얻은 열병으로 36세의 젊은 나이에 세상을 떠난다.

바이런에 대한 공부는 이쯤 해두자. 그의 시의 맛을 안다는 것은 어려운 일이다. 바이런은 모험과 신화에 대한 시도 많이 썼다. 그러나 역시 그는 연애시의 일인자인 듯하다. 팝송 가사와도 같은 연시 전문을 하나 더 음미해보자.

So, We'll Go No More a Roving

So, we'll go no more a roving

So late into the night,

Though the heart be still as loving

And the moon be still as bright.

For the sword outwears its sheath,

And the soul wears out the breast,

And the heart must pause to breathe,

And love itself have rest.

Though the night was made for loving,

And the day returns too soon,

Yet we'll go no more a roving

By the light of the moon.

우리 다시 헤매지 않으리

우리 다시 헤매지 않으리

이토록 늦은 밤을

마음은 아직 사랑 속에 있고

달은 아직 밝음 속에 있어도

칼이 칼집을 닳게 하듯

영혼은 가슴을 낡게 하지

숨 고르려 생각을 쉬듯

사랑도 때로는 휴식이 필요하지

밤은 사랑을 위한 것

그러나 새벽은 금세 밝아오네

아 다시 헤매지 않으리

밝은 저 달빛 아래 (필자 역)

여러분도 나름대로 번역해보라.

다음은 제인 오스틴의 소설 《오만과 편견》의 첫 문장이다.

It is a truth universally acknowledged, that a single man in possession of a good fortune, must be in want of a wife.

재산깨나 있는 독신 남자에게 아내가 꼭 필요하다는 것은 누구나 인정하는 진리다. (윤지관, 전승희 옮김. 민음사)

거두절미, 단도직입이다. 우리에게 익숙한 소설은 보통 이렇게 시작한다.

"버려진 섬마다 꽃이 피었다. 꽃 피는 숲에 저녁노을이 비치어, 구름처럼 부풀어 오른 섬들은 바다에 결박된 사슬을 풀고 어두워지는 수평선 너머로 흘러가는 듯싶었다."

위의 문장은 다음 중 어떤 소설의 첫 부분일까?

1) 칼의 노래 2) 바다의 노래 3) 섬의 노래 4) 꽃의 노래

정답은 1번 칼의 노래다. 김훈 선생이 쓴 소설이다. 사실 이 첫 부분은 칼의 노래 혹은 바다의 노래, 섬의 노래, 꽃의 노래, 구름의 노래 또는 사슬의 노래나 수평선 너머의 노래라는 소설의 첫 부분에 붙여도 무방하다. 감히 김훈의 문장을 까려는 것이냐? 절대 아니다. 《칼의 노래》는 이순신에 대한 소설인데 첫 문장만 봐서는 이 도입부가 칼에 대한 소설인지, 노래에 대한 소설인지, 이순신에 대한 소설인지 도무지 알 수 없다는 것이다. 당연히 작가는 문두부터 '나는 이순신에 대한 소설을 쓸 거'라고 밝힐 필요가 없다. 탐색전을 펼치고 에둘러 가다가 12회전의 세계타이틀 매치 중 8이나 9라운드쯤에 카운터펀치를 날려 독자를 KO시키는 것, 이게 소설의 정석이다.

제인 오스틴의 《오만과 편견》은 연애와 결혼에 대한 이야기다. 당연히 청춘 남녀가 나온다. 그들을 둘러싼 가족들, 속물인 엄마와 누이들, 균형감각을 가진 사람이지만 무기력한 아빠, 순정파 언니, 바람둥이와 속 깊은 사내들이 등장한다. 제인 오스틴은 탐색전 따

위는 필요 없다는 듯, 소설의 첫 문장부터 단순무식하게 펀치를 날린다.

재산깨나 있는 독신 남자에게 아내가 꼭 필요하다는 것은 누구나 인정하는 진리다.

이런 남자가 이웃이 되면 그 사람의 감정이나 생각을 거의 모른다고 해도, 이 진리가 동네 사람들의 마음속에 너무나 확고하게 자리 잡고 있어서, 그를 자기네 딸들 가운데 하나가 차지해야 할 재산으로 여기게 마련이다.

"여보, 네더필드 파크에 세 들 사람이 정해졌다는 소식 들으셨어요?"

어느 날 베넷 씨의 부인이 남편에게 물었다.

베넷 씨는 못 들었다고 대답했다.

"정해졌답니다." 하고 베넷 부인이 말을 받았다. "롱 부인이 방금 왔다가 다 이야기해주고 갔다고요."

소설의 주인공 엘리자베스 베넷의 어머니와 아버지가 나누는 대화로 소설은 시작된다. 제목의 '오만'은 청춘 남녀가 스스로에 대해 갖는 지나친 자신감과 자부심을, '편견'은 상대방의 일부분만 보고 갖게 되는 선입견을 뜻한다. 엘리자베스는 다섯 자매의 둘째다. 그녀의 어머니의 관심사는 오직 이 딸들을 어떻게 결혼시킬까 하는 것이다. 몰락해가는 B급 귀족부인쯤 되는 베넷 여사는 딸들이 결혼할 상대에 대해 단 세 개(!)의 조건을 갖고 있다. 첫째, 총각일 것. 둘째, 돈이 많을 것. 셋째, 잘나가는 귀족일 것. 이어지는 된장부인 베넷 여사와 시큰둥한 베넷 씨의 대사를 들어보자.

"What is his name?"

"Bingley."

"Is he married or single?"

"Oh! Single, my dear, to be sure! A single man of large fortune; four or five thousand a year. What a fine thing for our girls!"

"How so? How can it affect them?"

"My dear Mr. Bennet," replied his wife, "how can you be so tiresome! You must know that I am thinking of his marrying one of them."

"Is that his design in settling here?"

"이름이 뭐랍디까?"

"빙리랍니다."

"결혼은 했대요?"

"당연히 미혼이지요. 그렇고말고요. 돈 많은 미혼! 연봉이 4천, 아니 5천 파운드라나. 아이고, 우리 애들한테 잘된 일이지 뭐예요?"

"아니 왜? 그게 우리 애들하고 무슨 상관인데?"

"이 양반이…. 왜 그리 생각이 짧아요? 우리 애들 중 하나는 그에게 시집보낼 거라고요."

"누구 맘대로?"(필자 역)

스콧 피츠제럴드가 쓴 《위대한 개츠비》는 다양한 번역가들이 우리말로 옮겼다. 이에 대해 조선일보 어수웅 기자가 다음과 같은 기사를 썼다.

…신뢰받는 두 명의 번역가를 포함, 세 판본을 읽었다. 이번에 새로 번역한 김석희(61), 2003년 초역한 김욱동(65) 번역까지. 원문과 비교했을 때 판단은, 김영하의 《위대한 개츠비》는 피츠제럴드보다 김영하가 먼저 보인다는 것이었다. 김영하의 표현을 빌리면 '젊은 개츠비'고, 기존 번역계 주장을 빌리면 번역이 아니라 '번안'이다.

여러 사례가 있지만, 대표적 예를 하나 들어보자. 살인과 불륜의 핵심 인물인 윌슨 부인이 자신의 크림색 야회복을 은근히 자랑하는 대목이 있다. 다른 사람들이 의상을 칭찬하자, 그녀는 "It's just a crazy old thing. I just slip it on sometimes when I don't care what I look like"라고 대꾸한다. 김욱동은 "형편없는 헌 옷 나부랭이예요. 아무렇게나 보여도 괜찮을 때 가끔 걸치죠(53쪽)", 김석희는 "그냥 낡은 옷인걸요. 외모에 신경을 안 쓸 때 이따금 걸치는 옷이죠(55쪽)"인 데

반해, 김영하는 "이딴 걸 옷이라고 할 수 있나요. 유행 다 지난 건데. 대충 입어도 되는 날에나 편하게 걸치는 거지(45쪽)"라고 옮긴다.

《위대한 개츠비》의 첫 문장은 아래와 같이 시작한다. 다양한 역자가 번역한 글을 순서 없이 그대로 옮겨본다. 읽어보고 여러분이 좋아하는 스타일이 무엇인지 골라보라. 여러분의 '편견'과 작가들의 '오만'을 피하기 위해, 번역자 이름은 맨 뒤에 있다.

1) 지금보다 어리고 쉽게 상처받던 시절, 아버지는 나에게 충고를 한마디 해주셨는데, 나는 아직도 그 충고를 마음 속 깊이 되새기고 있다.

"남을 비판하고 싶을 때면 언제나 이 점을 명심하여라." 아버지는 이렇게 말씀하셨다. "이 세상 사람이 다 너처럼 유리한 입장에 놓여 있지 않다는 걸 말이다."

2) 지금보다 어리고 민감하던 시절 아버지가 충고를 한마디 했는데 아직도 그 말이 기억난다.

"누군가를 비판하고 싶을 때는 이 점을 기억해두는 게 좋을 거다. 세상의 모든 사람이 다 너처럼 유리한 입장에 서 있지 않다는 것을."

3) 내가 지금보다 나이도 어리고 마음도 여리던 시절, 아버지가 충고를 하나 해주셨는데, 그 충고를 나는 아직도 마음속으로 되새기곤

한다.

"누구를 비판하고 싶어질 땐 말이다, 세상 사람이 다 너처럼 좋은 조건을 타고난 건 아니라는 점을 명심하도록 해라."

4) 어렸을 적에 나는 지금보다 훨씬 더 여리고 유약했다. 그래서인 지 아버지는 여린 나에게 충고를 해주셨는데 언제나 그 조언을 마음 속에 되새기고 있다.

"누군가를 비판하고 싶으면 이 말을 명심해라. 세상 사람들이 모두 다 너처럼 혜택을 누리고 사는 건 아니란다."

5) 내가 아직 어리고 마음이 여리던 시절, 아버지가 내게 충고를 해 주셨는데 그 후 나는 언제나 그 말씀을 마음에 되새기고 있다.

"누군가를 비판하고 싶을 때는 언제나 이 말을 떠올려라. 세상 사람 들이 다 너만큼의 특권을 누리고 있지 않다는 것을."

1) 김욱동   2) 김영하   3) 김석희   4) 이기선   5) 이화승

참 다양하지 않은가? 원문은 다음과 같다.

In my younger and more vulnerable years my father gave me some advice that I've been turning over in my mind ever

since. 'Whenever you feel like criticizing any one,' he told me,
'just remember that all the people in this world haven't had the
advantages that you've had.'

에필로그

서른일곱 번째 책의 후기다. 책을 많이 썼다고 자랑하는 게 아니다. 사실 그렇게 책을 많이 썼으면서도 내세울 만한 작품이 없다. 이건 불행이다. 그러나 나는 행복하다. 왜?

글을 쓰고 싶다고, 글을 더 잘 써보고 싶다고, 글을 써서 책 한 권 내고 싶다고 찾아오는 사람들에게 나는 이야기한다. "글을 쓴다고 돈 버는 거 아닙니다. 글을 쓴다고 인기 많아지는 거 아닙니다. 글을 쓴다고 깨달음을 얻는 것도 아닙니다…."

이쯤 되면 '도대체 왜 글을 쓰는가?'라고 물을 것이다. 나는 요즘에도 하루에 A4 두 장씩 글을 쓴다. 쓰지 않으면 안 된다. 통장에 돈이 입금되어도, 누군가 내게 사랑한다 말해도, 사람들이 내게 큰

박수를 보내도 글을 쓰지 않으면 뭔가 허전하다. 왜?

글을 쓸 때, 내 뇌의 쾌락을 담당하는 중추가 가장 활발히 반응하기 때문이다. 나는 주기적으로 글 담당 전두엽을 자극한다. 뇌는 눈과 손에 명령을 내려 글을 창작하게 한다. 이 순환 과정은 만족스럽다. 하루 치 글쓰기를 마치고 나면 무엇과도 바꿀 수 없는 충만함으로 내 아우라는 빛난다.

그러므로 글을 쓰는 순간, 나는 받을 것을 다 받았다. 저 아름다우신 글의 여신으로부터. 따라서 글의 여신은 내게 따로 돈을 주거나, 사랑을 주거나, 행복의 이름으로 다른 그 무엇을 줄 필요가 없다. 그래봤자 앞서 말한 충만한 행복을 대신하지 못할 테니까.

다만 글의 여신은 질투가 심해서, 다른 것에 사랑을 쏟으면 안 된다. 글 이외의 것에 몰입하고, 글 이외의 것에 마음을 주고, 글 이외의 것을 하느라 시간과 정력을 낭비할 때 그녀는 내게 기쁨을 주지 않는다. 오로지 그녀만을 숭배할 때, 당신은 좋은 것을 주신다.

세상 사람들이 '도대체 왜 그런 일을 할까?'라고 의문을 갖는 일. 대체로 그런 일들이 알고 보면 융숭한 도락을 간직하고 있다. 토굴 속에 들어가 면벽하는 일, 굶기를 밥 먹듯 하며 기도하는 일, 땀을 몇 시간씩 흘리며 피아노 연습을 하는 일, 며칠이고 사막을 달리는 일, 밤을 새워가며 옥을 다듬는 일⋯. 이런 일을 하는 사람들에게 '그런 일을 한다고 돈이 생기냐, 밥이 생기냐'고 묻는 건 어리석다. 최소한의 돈과 하루 한 끼의 밥으로도 그들은 온전하다. 면벽참선의 그분이, 기도의 대상인 그분이, 피아노 연주의 그분이, 사막 달리기와 옥보석세공의 그분이 그들에게 이미 넘치고도 넘치게 채워주시기 때문이다.

　돌이켜보면 내가 글을 쓴 것이 아니다. 글이 내게 찾아왔을 뿐이다. 날라리에 한량인 내게 어느 날 그분이 찾아와 과분한 글들을 선사했다. 나는 그걸 받아 적으면서 그저 황홀했을 뿐이다. 정말 좋은 것은 전할 수 없는 것. 그럼에도 뭔가를 전하겠다고 애쓰는 내게 연민을, 부족한 글을 책으로 만들어준 편집자께 감사를, 여기까지 읽어주신 여러분께 사랑을 전하며 글을 마친다.